Chères lectrices,

Si Venise occupe une place toute particulière dans mon cœur, c'est parce qu'elle est devenue ma seconde patrie depuis que j'ai épousé un de ses habitants. Sans doute ne suis-je pas très objective, mais je considère les Vénitiens comme les hommes les plus séduisants du monde (même si les autres Italiens les suivent de très près !). A la fois passionnés et désinvoltes, je les trouve irrésistibles.

Guido Calvani, le héros de ce roman, est l'incarnation même du Vénitien. Charmeur et enjoué, il croque la vie à belles dents, persuadé d'être maître de son destin. Jusqu'au jour où il rencontre Dulcie. Une femme comme il n'en a jamais connu. Détective privé, elle se révèle supérieure à lui dans l'art de la supercherie. Car Guido va comprendre trop tard qu'il s'est laissé duper.

Leur histoire a pour décor le cœur de Venise, sillonné de canaux et de ruelles mystérieuses aux recoins sombres. Dans cette ville bâtie sur l'eau, les apparences sont souvent trompeuses. Guido et Dulcie eux-mêmes jouent sur les faux-semblants avant de se décider, par amour, à jeter le masque.

Après Guido, vous ferez la connaissance de Marco, financier romain distant et réservé. Puis celle de Leo, propriétaire terrien en Toscane. Mais vous trouverez toujours, au fil de ces romans, leur oncle Francesco, comte de Calvani — un fringant septuagénaire dont la vie mouvementée cache un secret qui va stupéfier ses héritiers.

Bonne lecture !

Lucy Gordon

Mariages en perspective chez les Calvani !

Le comte Francesco de Calvani, chef de cette prestigieuse famille de l'aristocratie italienne, a trois neveux :

Guido : charmeur et enjoué, ce casanova a bâti sa fortune personnelle à Venise… où il a brisé bien des cœurs. Il est l'héritier présomptif du titre, mais se passerait bien volontiers de cet honneur !

Marco : de tempérament fier et réservé, c'est un véritable bourreau de travail. Il gère les affaires de la famille Calvani à Rome et ne s'épanouit que dans l'univers de la finance internationale.

Leo : athlétique et sensuel, cet épicurien n'éprouve aucune attirance pour le monde des affaires ou l'univers citadin. Il possède une somptueuse exploitation agricole en Toscane — une région à laquelle il est viscéralement attaché.

De caractères très différents, les neveux du comte de Calvani ont cependant un point commun. Aussi séduisants qu'attachants, ils fascinent les femmes et ne sont pas pressés de renoncer aux joies du célibat. Mais autour d'eux, la pression familiale se fait de plus en plus forte : il est temps qu'ils se marient pour assurer la perpétuation de la lignée. Chacun des trois trouvera une épouse — mais pour un mariage d'amour ou de raison… ?

LUCY GORDON

Le bal vénitien

COLLECTION AZUR

*Cet ouvrage a été publié en langue anglaise
sous le titre :*
THE VENETIAN PLAYBOY'S BRIDE

Traduction française de
ELISABETH MARZIN

HARLEQUIN®

est une marque déposée du Groupe Harlequin
et Azur ® est une marque déposée d'Harlequin S.A.

1.

Etreint par une vive anxiété, Guido Calvani arpentait nerveusement le couloir de l'hôpital. Derrière la porte d'une des chambres, le médecin examinait son oncle, victime d'une crise cardiaque quelques heures plus tôt.

A une extrémité du couloir, une fenêtre donnait sur le cœur de Venise, entrelacement de ruelles et de canaux dominé par des toits de tuiles rouges et des petites terrasses camouflées dans la verdure. Pivotant sur lui-même, Guido repartit pour la énième fois en sens inverse. De l'autre côté, c'était sur le Grand Canal qu'ouvrait la fenêtre. Il contempla le large ruban onduleux qui traversait la ville en scintillant au soleil. Un peu plus loin en aval, ses eaux baignaient les jardins du Palazzo Calvani, demeure des comtes de Calvani depuis des siècles. Dire que, d'ici à ce soir, il hériterait peut-être du titre ! songea sombrement Guido.

D'un naturel enjoué, il était peu enclin à la mélancolie. Depuis sa plus tendre enfance, ses yeux turquoise pétillaient de malice et son sourire enjôleur faisait des ravages dans les cœurs de tous ceux qui l'approchaient. A trente-deux ans, riche, séduisant et libre, il n'avait jamais connu le tourment. Mais aujourd'hui, la menace qui planait sur cette douce insouciance le plongeait dans l'angoisse.

Très attaché à son oncle, Guido ne parvenait pas à concevoir qu'il puisse disparaître. Quant à sa liberté, elle lui était aussi indispensable que l'air qu'il respirait. Or, bientôt, il perdrait peut-être les deux…

Entendant des pas, il tourna la tête. Deux hommes montaient l'escalier.

Il les rejoignit sur le palier.

— Dieu merci, vous voilà ! s'exclama-t-il en se jetant dans les bras de son demi-frère Leo, qui l'étreignit chaleureusement.

Puis il se tourna vers son cousin Marco, à qui il se contenta de donner une tape sur l'épaule. Toujours sur la réserve, Marco gardait en toutes circonstances une distance que même l'exubérant Guido se sentait obligé de respecter.

— L'état d'oncle Francesco est-il très inquiétant ? s'enquit Marco.

— Oui, je le crains, répondit Guido. Hier soir il ressentait des douleurs dans la poitrine, mais impossible de le convaincre d'appeler le médecin. Et puis ce matin, il a eu un malaise. J'ai appelé une ambulance. Depuis notre arrivée ici, j'attends. Les examens ne sont pas encore terminés.

— Ce n'est sûrement pas une crise cardiaque, intervint Leo. Il n'en a jamais eu auparavant et il a mené une vie…

— … assez agitée pour déclencher des crises cardiaques en série chez l'homme le plus robuste, coupa Marco. Entre les femmes, le vin, les voitures de sport…

— Sans oublier trois hors-bord à la casse, rappela Leo.

— Sans compter le jeu…

— Le ski hors piste…

— L'escalade…

— *Et les femmes !* répétèrent-ils tous les trois en chœur.

Un bruit de pas dans l'escalier les réduisit au silence. Lizabetta, la gouvernante du comte, apparut sur le palier, mince silhouette entièrement vêtue de noir. Ils la saluèrent avec plus de respect qu'ils n'en avaient jamais témoigné à leur oncle. Au Palazzo Calvani, c'était cette femme d'un certain âge au visage anguleux et à la mine sévère qui détenait le pouvoir.

Elle adressa aux trois hommes un signe de tête par lequel elle parvint à exprimer simultanément son respect pour le rang qui était le leur et son mépris à l'égard de la gent masculine. Puis elle s'assit sur une des chaises disposées contre le mur et sortit son tricot.

— Nous ne savons rien de nouveau pour l'instant, l'informa Guido avec douceur.

Soudain, il sentit les battements de son cœur s'accélérer. La porte de la chambre s'ouvrait… Le médecin — vieil ami du comte — sortit dans le couloir, le visage impassible. Guido fut submergé par la panique. Il allait leur annoncer une mauvaise nouvelle…

— Emmenez-moi ce vieux fou d'ici ! Il m'a fait perdre assez de temps ! s'écria le médecin avec un clin d'œil espiègle.

Guido resta bouche bée.

— Mais… sa crise cardiaque… ?

— Une crise cardiaque ? Une indigestion, oui ! Liza, vous devriez le mettre au régime.

La gouvernante leva les yeux au ciel.

— Comme si c'était possible !

— Pouvons-nous le voir ? demanda Guido.

Un rugissement provenant de la chambre lui répondit. Surnommé le Lion de Venise dans sa jeunesse, le comte Francesco n'avait rien perdu de son énergie malgré ses soixante-douze ans.

Guido, Marco et Leo se précipitèrent dans la pièce.

— Je vous ai fait peur, pas vrai ? lança leur oncle d'une voix tonitruante.

Assis sur le lit, il les accueillit avec un sourire satisfait. Au milieu de son visage autoritaire encadré par une épaisse barbe blanche, ses yeux bleus étincelaient.

— Tellement peur que je suis venu de Rome et Leo de Toscane, répondit Marco. Tout ça pour une indigestion !

— Montre un peu plus de respect envers le chef de famille, s'il te plaît, bougonna Francesco. Et sermonne plutôt Liza. Sa cuisine est irrésistible.

— Est-ce une raison pour vous montrer aussi glouton qu'un gamin ? répliqua Marco, nullement impressionné par le rappel à l'ordre du chef de famille. Mon oncle, quand allez-vous enfin vous décider à vous conduire comme un homme de votre âge ?

— Jamais !

Francesco pointa l'index sur Marco.

— A soixante-douze ans, tu auras le cœur complètement desséché.

Marco haussa les épaules.

Le vieil homme se tourna vers Leo.

— Toi, quand tu auras soixante-douze ans, tu seras encore plus paysan qu'aujourd'hui.

— J'espère bien ! commenta Leo.

— Et moi ? questionna Guido.

— Toi ? Tu n'auras jamais soixante-douze ans ! Tu seras assassiné bien avant par un mari offensé.

— Pourquoi aurais-je moins de chance que vous ? répliqua Guido avec un sourire malicieux. Si j'en crois votre réputation, vous n'auriez jamais dû atteindre cet âge canonique.

— Dehors, tous les trois ! intima Francesco. Liza va me ramener.

Ses neveux quittèrent la pièce en poussant des soupirs de soulagement.

— J'ai besoin d'un verre, annonça Guido dès qu'ils eurent quitté l'hôpital.

Suivi par les deux autres, il se dirigea tout droit vers un petit bar au bord du canal, où les attendait une table en terrasse.

Depuis que Guido vivait à Venise, Marco à Rome et Leo en Toscane, les trois hommes ne se voyaient plus que très rarement.

Leo était celui qui avait le moins changé depuis leur adolescence. Immense, solidement charpenté, c'était un homme sensuel au cœur tendre et au visage candide. Viscéralement attaché à sa campagne toscane, il détestait la vie trépidante de la ville et n'appréciait que les plaisirs simples.

Marco, à l'opposé, manquait d'oxygène dès qu'il quittait Rome. Banquier de renommée internationale, très réservé, toujours maître de ses émotions, il ne semblait heureux que dans l'univers restreint de la haute finance. S'il vivait dans un luxe insolent, c'était moins par goût que par manque d'imagination. Plus les années passaient, plus il semblait perdu dans son monde, planant au-dessus du commun des mortels avec un léger dédain teinté d'indifférence.

Quant à Guido, son naturel de joyeux épicurien le poussait à mener une double vie. Officiellement il résidait au Palazzo Calvani, mais un petit appartement perdu au fin fond du Venise populaire lui permettait de préserver sa liberté. De plus en plus séduisant au fil des années, il était également de plus en plus jaloux de son indépendance. Homme d'affaires efficace, il pouvait faire preuve d'une opiniâtreté frisant parfois l'entêtement. Ses cheveux bruns, un peu trop longs, bouclaient sur la nuque, effleurant son col de chemise et le rajeunissant de plusieurs années.

Les trois hommes savourèrent en silence la première tournée de bière.

— J'ai eu la peur de ma vie ! finit par avouer Guido quand ils eurent commandé la deuxième. C'est ce qui s'appelle frôler la catastrophe.

— Quelle chance tu as de te voir accorder un sursis ! plaisanta Leo.

— C'est ça, paie-toi ma tête ! Je te signale que c'est toi qui devrais te trouver dans ce guêpier !

Leo était l'aîné, mais un caprice du destin avait voulu que le statut d'héritier présomptif revienne à Guido. Leur père, Bertrando, avait épousé une veuve dont le « défunt » mari s'était révélé par la suite bien vivant. Mais quand ce dernier s'était manifesté, sa « veuve » n'était plus de ce monde. Elle s'était éteinte en donnant le jour à Leo, si bien qu'il avait été impossible de régulariser la situation et que son fils n'avait pu être reconnu comme enfant légitime. Deux ans plus tard, Bertrando avait épousé sa seconde femme, qui avait mis au monde Guido.

A l'époque, personne ne s'était inquiété de cette anomalie. Après tout, le titre revenait au fils que ne manquerait pas d'avoir Francesco une fois marié. Mais les années étaient passées sans que le Lion de Venise se décide à convoler. Et à son grand dam, Guido était resté héritier.

Cependant, il ne pouvait s'empêcher d'espérer un miracle qui rétablirait les droits de Leo. Même si ce dernier ne voulait pas en entendre parler. Leo n'aimait que sa terre. Cultiver la vigne, du blé et des oliviers. Elever du bétail et des chevaux. Pas plus que Guido, il ne souhaitait devenir comte.

Les deux hommes s'adoraient, mais une fois dans leur vie ils s'étaient opposés violemment. C'était le jour où Guido avait sommé son demi-frère d'intenter une action en justice pour faire reconnaître sa légitimité, arguant qu'il ne pouvait pas indéfiniment « se dérober à son devoir ». Avec son franc-parler coutumier, Leo avait rétorqué que si Guido s'imaginait qu'il allait abandonner sa terre pour se plier à une tradition grotesque, il était aussi *cretino* qu'il en avait l'air. Guido avait surenchéri et il avait fallu que Marco s'interpose pour les empêcher d'en venir aux mains.

Fils de Silvio, le benjamin de Francesco et de Bertrando, Marco courait peu de risques d'hériter du titre et ne se privait pas de taquiner Guido à ce sujet.

— Il faudra bien te résigner, dit-il après avoir bu une gorgée de bière. Un jour ou l'autre, ton heure finira par venir. Je vois ça d'ici. Le Comte Guido de Calvani, père de huit enfants, distingué, pondéré, enrobé et doté d'une épouse assortie.

— Tu as une chemise très chic. Je suis sûr qu'elle est aussi très fragile, riposta Guido en levant son verre d'un air menaçant.

— Je plaisantais !

— Eh bien, tes plaisanteries ne m'amusent pas du tout.

Guido poussa un profond soupir.

— Pas du tout.

Roscoe Harrison n'habitait pas un palais, mais son domicile londonien était décoré avec autant de luxe que le Palazzo Calvani. A la différence près que Harrison n'était pas un homme de goût. Chez lui, le luxe ne pouvait être qu'ostentatoire.

— Dans tous les domaines, je n'achète que du haut de gamme, déclara-t-il à la jeune femme blonde assise en face de lui dans son bureau. C'est pour cette raison que je vous ai choisie.

— Vous ne m'achetez pas, monsieur Harrison, rectifia Dulcie d'un ton posé. Vous m'engagez comme détective privé. Ça n'a rien à voir.

— Si vous voulez, rétorqua Roscoe Harrison avec un haussement d'épaules. Jetez un coup d'œil là-dessus.

Il tendit à Dulcie une photographie sur laquelle sa fille, Jenny Harrison, longue chevelure brune flottant au vent, écoutait avec une ferveur manifeste un gondolier qui jouait de la mandoline en l'enveloppant d'un regard brûlant. Légèrement en retrait, un second gondolier au visage poupin observait le couple.

La veille, Dulcie avait dîné avec Roscoe et sa fille, à qui il l'avait présentée comme une de ses collaboratrices. Jenny était d'une fraîcheur et d'une naïveté frappantes. L'inquiétude de son père était compréhensible. Elle représentait une proie rêvée pour les coureurs de dot !

— Voici le pauvre idiot qui s'imagine qu'il va mettre la main sur la fortune de ma fille, dit Roscoe en plantant son doigt sur le joueur de mandoline. Ce... Federico prétend travailler comme gondolier uniquement pour son plaisir. En réalité, il serait l'héritier d'un comte de Calvani ou quelque chose comme ça. C'est un mensonge éhonté, bien sûr. Un futur comte s'exhibant en gondolier ? Non, je suis certain que c'est un imposteur. Je veux que vous alliez à Venise et que vous le démasquiez. Quand vous aurez la preuve qu'il n'est pas plus aristocrate que...

— Peut-être l'est-il, objecta Dulcie.

Roscoe eut un grognement dédaigneux.

— Votre travail est de démontrer qu'il ne l'est pas.

Dulcie arqua un sourcil.

— S'il est réellement héritier d'un titre de noblesse, je ne pourrai pas prouver le contraire.

— D'accord ! Mais de toute façon, je suppose que vous saurez immédiatement à quoi vous en tenir, puisque vous faites vous-même partie de l'aristocratie. Après tout, vous vous appelez lady Dulcie Maddox.

— Dans l'exercice de mon métier, je suis simplement Dulcie Maddox, détective privé.

Nul doute que Roscoe n'allait pas apprécier, se dit-elle. Il était très impressionné par son ascendance noble et le peu d'importance qu'elle y attachait le frustrait profondément.

— Eh bien, pour les besoins de l'enquête, vous redeviendrez *lady* Maddox, insista Roscoe. Ce sera un atout de plus pour piéger cette fripouille. Cependant, il y a un détail à ne pas négliger. Vos vêtements sont trop...

— Ordinaires.

— Indignes de votre beauté, rectifia Roscoe avec un tact inhabituel.

Dulcie avait acheté son pantalon et sa veste en jean sur le marché à un prix imbattable. Cependant, son élégance naturelle et sa silhouette élancée donnaient du chic aux tenues les plus banales. Par ailleurs, son visage aux traits délicats, éclairé par d'étranges yeux vert d'eau et encadré par une masse soyeuse de boucles blondes, lui valait des regards admiratifs partout où elle passait.

— Merci, répondit-elle. Mais si je travaille comme détective privé, c'est parce que tous les biens de ma famille ont été dilapidés sur les champs de courses. Je suis pauvre comme Job, figurez-vous.

— Dans ce cas, il va falloir renouveler votre garde-robe pour les besoins de votre mission. J'ai ouvert un compte chez

Feltham pour Jenny. Je vais les appeler pour leur demander de s'occuper de vous. Il faut absolument que vous ayez l'air d'une riche aristocrate quand vous arriverez au Vittorio.

— Au Vittorio ?

Dulcie baissa vivement les yeux. Si Roscoe savait quel souvenir douloureux évoquait pour elle cet hôtel ! Quelques mois plus tôt, elle se préparait à y passer sa lune de miel avec un homme qui lui avait juré un amour éternel.

Mais en fait, l'éternité s'était révélée de très courte durée. Avant même le mariage, l'amour s'était volatilisé. Pourquoi fallait-il que le sort s'acharne contre elle ? Ce voyage à Venise s'annonçait de toute façon comme une épreuve cruelle, mais la perspective de séjourner au Vittorio constituait le coup de grâce…

— C'est l'hôtel le plus huppé de la ville, précisa Roscoe qui ne pouvait pas se douter qu'elle était au courant. Alors allez vite vous acheter des tenues appropriées et filez là-bas. Prenez un billet de première classe, surtout. Il est possible que notre homme mène sa petite enquête sur vous. Voyager en classe économique ne collerait pas du tout avec votre image.

— Vous pensez qu'il pourrait lui aussi engager un détective privé ?

— Qui sait ? Certaines personnes ont l'esprit si tortueux qu'il faut s'attendre à tout.

Avec diplomatie, Dulcie s'abstint de tout commentaire. Inutile de faire remarquer à Roscoe l'ironie de sa remarque…

— Voici un chèque pour vos frais, poursuivit ce dernier. Il ne faut pas vous contenter d'avoir l'air riche. Vous devez entrer dans la peau de votre personnage et vivre sur un grand pied. N'hésitez pas à dépenser sans compter.

16

— Dépenser sans compter, répéta Dulcie en s'efforçant de rester impassible devant le montant du chèque.

— Trouvez ce gondolier, et lorsqu'il aura mordu à l'hameçon, prévenez-moi. J'enverrai Jenny vous rejoindre. Pour l'instant, impossible de lui ouvrir les yeux. Elle ne veut pas m'écouter. Pourtant, le monde est plein d'escrocs à l'affût d'un mariage d'argent.

— C'est vrai, commenta Dulcie, le cœur serré.

Pour célébrer le retour du comte Francesco, Liza organisa un grand dîner. Sous son regard d'aigle, les quatre hommes assis autour de la table richement décorée du grand salon durent faire honneur à une succession interminable de plats, servis par une domestique. Le comte était ravi et Marco très à son aise. Mais les deux autres ne cachèrent pas leur soulagement quand le repas fut enfin terminé.

Alors que ses neveux étaient sur le point de s'esquiver, le comte fit signe à Guido de l'accompagner dans son bureau.

— On t'attend Chez Luigi ! lança Marco depuis le hall.

— C'est si urgent ? s'enquit Guido en suivant son oncle.

— Oui. Il faut que je te parle. Je ne perdrai pas de temps à te demander si les histoires que j'ai entendues sur ton compte sont vraies...

— Elles le sont probablement, approuva Guido avec un sourire réjoui.

— Eh bien, il est temps que ça cesse. Quand je pense à tout le mal que je me donne pour te présenter des jeunes femmes de la haute société !

— Je ne les supporte pas. Elles ne pensent qu'à une seule chose.

— Laquelle ?

— Mon futur titre. La plupart ne me voient même pas. Elles n'ont d'yeux que pour le futur comte de Calvani.

— De quoi te plains-tu ? Si elles sont prêtes à fermer les yeux sur ta vie dissolue par égard pour ton rang…

— Au diable mon rang ! D'ailleurs, qui vous dit que je veux d'une épouse qui ferme les yeux sur ma vie « dissolue » ? Il serait beaucoup plus amusant qu'elle y participe.

— Le mariage n'est pas fait pour s'amuser !

Guido eut une moue désabusée.

— C'est bien ce que je craignais.

— Il est temps que tu te décides à te conduire convenablement au lieu de passer ton temps à jouer au gondolier avec les Lucci.

— C'est un de mes plus grands plaisirs !

— Les Lucci sont des gens très estimables, mais le moment est venu pour toi de prendre tes distances.

Instantanément, le visage de Guido se ferma.

— Il n'est pas question que je renonce à leur amitié.

— Rien ne t'empêche de rester ami avec eux. Mais tu ne peux pas vivre la vie de Federico. Tu dois suivre ta propre voie. Je n'aurais peut-être pas dû t'autoriser à les voir aussi souvent.

— Je ne vous ai jamais demandé l'autorisation. Et je ne vous la demanderai jamais. Mon oncle, j'ai le plus grand respect pour vous, mais je ne vous permettrai pas de régenter ma vie.

Une lueur inquiétante s'était allumée dans les yeux de Guido. Quand il prenait ce ton tranchant, personne ne se risquait à le contredire. Même pas Francesco. Cependant, devant l'air penaud de son oncle, Guido se radoucit.

— Je ne vois pas ce qu'il y a de mal à conduire une gondole, poursuivit-il d'une voix plus douce. C'est un sport comme un autre. Qui me plaît et me permet de compenser un peu mes... excès en tout genre.

— Si encore tu te contentais de ramer ! marmonna Francesco, un peu ragaillardi. Mais il paraît que tu n'hésites pas à chanter *O Sole mio* pour les touristes...

— C'est ce qu'ils attendent.

— ... et que tu te laisses prendre en photo avec eux.

Le comte sortit d'un tiroir un cliché représentant Guido sur une gondole. Il jouait de la mandoline pour une jeune fille brune, sous le regard d'un second gondolier au visage poupin et aux cheveux bouclés.

— Le futur comte de Calvani photographié en train de chanter la sérénade en tenue de gondolier ! s'exclama Francesco.

— Vous avez raison, c'est scandaleux, approuva Guido d'un ton pince-sans-rire. Je compromets gravement l'honneur de notre nom. Si vous voulez mon avis, vous allez être obligé de vous marier, d'avoir un fils et de me déshériter. D'après la rumeur, vous êtes toujours aussi vigoureux. Vous ne devriez donc avoir aucun mal à...

— Sors d'ici avant que j'explose !

Guido s'échappa du *palazzo* avec soulagement. Au milieu du Grand Canal, sept gondoles glissaient lentement sur l'eau, côte à côte. Dans celle du milieu, le jeune homme au visage poupin de la photographie chantait d'une belle voix de ténor. A la fin de cette sérénade destinée aux touristes, les gondoles regagnèrent le quai sous les applaudissements.

Guido attendit que le dernier passager de Federico Lucci ait débarqué avant d'appeler ce dernier.

— Hé, Fede ! Pas étonnant que la *signorina* soit prête à te suivre au bout du monde. Tu chantes vraiment comme un dieu.

Devant l'air sombre de son ami, il fronça les sourcils.

— Que se passe-t-il ? Elle ne t'aime plus ?

— Si bien sûr. Mais son père préférera me tuer plutôt que de la laisser m'épouser. Il croit que je n'en veux qu'à son argent. Ce n'est pas vrai, bien sûr. S'il savait comme je l'aime ! Elle est merveilleuse, n'est-ce pas ?

— En effet, acquiesça Guido avec diplomatie.

Inutile de confier à Fede que si Jenny était ravissante, elle manquait un peu de piquant à son goût. Pour sa part, il préférait les femmes plus pétillantes, capables de l'étonner à chaque instant. Mais pas question de blesser son ami.

— Tu sais que je ferai tout ce qui est en mon pouvoir pour vous aider, déclara-t-il avec chaleur.

— Merci, Guido. Cependant je ne voudrais pas abuser. Tu nous as prêté ton appartement, tu m'as remplacé sur la gondole…

— Ce n'est rien. Tu sais bien que j'adore ça. N'hésite pas à faire appel à moi à chaque fois que tu en as besoin.

— Malheureusement, ma Jenny est retournée en Angleterre. Elle m'a promis d'amadouer son père, mais j'ai peur qu'il l'empêche de revenir.

— Si c'est vraiment le grand amour, elle reviendra, assura Guido.

Malgré lui, Fede pouffa.

— Que sais-tu du grand amour ? Avec toi, c'est aujourd'hui ici, demain ailleurs. Dès qu'une femme fait allusion au mariage, tu t'évanouis dans la nature.

— Chut ! Mon oncle a des oreilles partout. Viens, allons rejoindre Leo et Marco Chez Luigi. Là-bas, nous pourrons boire et discuter en paix.

Deux jours plus tard, Dulcie atterrit à l'aéroport Marco Polo. S'efforçant d'arborer un air blasé, elle monta à bord de la vedette privée du Vittorio, qui assurait la traversée de la lagune pour les clients de l'hôtel. Le soleil du mois de juin était haut dans le ciel et l'eau scintillait de mille feux. L'espace d'un instant, subjuguée par la beauté du spectacle, Dulcie en oublia son spleen.

A sa droite, s'étirait la voie qui reliait Venise au continent, sur laquelle roulait un train. De l'autre côté, la lagune était sillonnée d'embarcations diverses.

— Regardez, *signorina*, dit le conducteur, visiblement très fier de sa ville, comme tous les Vénitiens.

Elle aperçut d'abord les coupoles dorées de la basilique Saint-Marc, étincelantes. Puis la ville elle-même, magique et mystérieuse, se dévoila peu à peu, lui coupant le souffle. La vedette ralentit.

— Il faut entrer dans Venise à vitesse réduite pour éviter de créer des vagues, expliqua le conducteur. Nous allons emprunter le Cannaregio pour rejoindre le Grand Canal, au bord duquel se trouve le Vittorio.

Tout à coup, le soleil disparut. Ils venaient de s'engager sur un canal encastré entre de hautes façades. Dulcie pencha la tête en arrière pour regarder l'étroite bande de ciel bleu. Quelques minutes plus tard, le soleil les inonda de nouveau, tandis qu'ils descendaient le Grand Canal en direction d'un somptueux palais du XVIIe siècle. L'hôtel Vittorio.

Au débarcadère, des mains se tendirent pour aider Dulcie à descendre de la vedette. Elle fit une entrée majestueuse dans le hall, suivie par un cortège de grooms croulant sous ses bagages.

Derrière le comptoir, un homme à la mine compassée l'accueillit avec déférence.

— Bienvenue au Vittorio, lady Maddox. Je vous souhaite un excellent séjour dans la suite impériale.

Dulcie ouvrit de grands yeux.

— La suite imp… ? Etes-vous certain qu'il ne s'agit pas d'une erreur ?

Mais on l'entraînait déjà jusqu'au troisième étage, où une imposante porte à double battant en bois sculpté fut ouverte devant elle. Retenant son souffle, elle pénétra dans une entrée décorée avec faste, dont la hauteur sous plafond était vertigineuse. Le reste de l'appartement était aussi grandiose. Des meubles anciens aux lourdes tentures de velours, tout portait la marque d'un passé prestigieux. Sur l'un des murs du salon était accroché un portrait de la jeune impératrice Elisabeth d'Autriche, datant de l'époque où Venise était une province autrichienne.

Derrière une autre porte à double battant, Dulcie découvrit une immense pièce au milieu de laquelle trônait un lit assez large pour accueillir quatre personnes. Dire qu'elle allait y dormir seule…

Une femme de chambre avait déjà commencé à défaire ses bagages. Dulcie se remémora les consignes de Roscoe. Ne lui avait-il pas intimé de dépenser sans compter ? Elle distribua des pourboires assez généreux pour faire parler d'elle, même dans un établissement aussi luxueux.

Dès que les grooms et la femme de chambre furent partis, elle se laissa tomber dans un fauteuil. Quel choc de se retrouver seule dans cet endroit de rêve, où quelques mois auparavant elle s'apprêtait à passer sa lune de miel…

Dire qu'elle avait cru à l'amour de Simon ! Quelle naïveté ! Il ne s'intéressait qu'à sa fortune. Ou du moins à la fortune qu'il attribuait à lady Maddox, fille de lord Maddox. Oh, il avait bien caché son jeu… Avec une habileté diabolique, il l'avait ensorcelée, lui susurrant des serments d'amour et l'emportant dans un tourbillon merveilleux où tout n'était que douceur de vivre et enchantement.

Attentif au moindre de ses désirs, il se montrait avec elle d'une générosité inouïe. Malgré ses protestations, il la couvrait de cadeaux extravagants — tous achetés à crédit, avait-elle découvert plus tard. Car l'argent dont il faisait étalage s'était révélé aussi illusoire que son amour...

Un soir où il l'avait invitée à dîner au Ritz, il lui avait montré une brochure de l'hôtel Vittorio.

— J'ai déjà réservé pour notre lune de miel, avait-il annoncé. La suite impériale.

— Mais, mon chéri, le prix...

— Qu'importe ? Je suis prêt à tout pour te rendre heureuse.

La gorge nouée par l'émotion, elle avait insisté.

— Ce n'est pas la peine de te ruiner pour me rendre heureuse. L'argent ne m'intéresse pas.

— Vraiment, mon cœur ? avait-il répliqué avec un sourire ironique. Vivre dans le luxe n'a pourtant pas l'air de te déplaire.

— Tu ne penses tout de même pas que je t'épouse pour ton argent ? s'était-elle écriée. C'est toi que j'aime ! Toi seul. Si tu étais aussi pauvre que moi, ça me serait complètement égal.

Une lueur inquiète s'était allumée dans le regard de Simon.

— Tu plaisantes, j'espère ? Aussi pauvre que lady Dulcie Maddox ! Non, tu te moques de moi.

— Pas du tout.

— J'ai entendu dire que ton père pouvait dépenser vingt mille dollars aux courses en une journée.

— C'est vrai. Et mon grand-père en faisait autant avant lui. C'est pour cette raison que je n'ai pas un sou.

— Mais ta famille possède forcément des biens !

Elle avait fini par le convaincre qu'elle était aussi démunie qu'elle le prétendait. C'était la dernière fois qu'elle l'avait vu, se rappela-t-elle avec amertume. Il avait sorti un relevé de carte de crédit de sa poche et l'avait jeté sur la table en lançant d'un ton amer :

— Sais-tu combien d'argent j'ai dépensé pour toi ? Et tout ça pour rien ? Eh bien, c'est terminé !

Puis il s'était levé et avait quitté la salle à manger du Ritz en lui laissant l'addition.

Fin de l'histoire…

A présent, il fallait se ressaisir, se dit-elle avec détermination. Un autre coureur de dot allait bientôt croiser son chemin, mais cette fois, elle inverserait les rôles. Car elle avait bien l'intention de profiter de cette mission pour venger toutes les femmes bafouées…

Après avoir pris une douche dans la salle de bains en marbre, elle entreprit de choisir une tenue pour sa première sortie « en service commandé ». Finalement, elle quitta l'hôtel vêtue d'une robe de soie orange qui dénudait ses épaules. Un magnifique pendentif en or massif ornait son cou. Des boucles d'oreilles assorties et des sandales dorées à fines lanières et talons aiguilles complétaient l'ensemble. Peut-être avait-elle un peu forcé sur l'or, se dit-elle. Mais après tout, son objectif n'était pas de passer inaperçue. Au contraire…

Avant de sortir, elle avait examiné une dernière fois la photo afin de mémoriser le visage de l'homme qui envoûtait Jenny avec sa mandoline et son regard de braise. Le traître !

Trouver un gondolier bien précis dans Venise risquait de prendre du temps. Première chose à faire : un tour d'horizon à bord d'un *vaporetto*. C'était en préparant son voyage de noces qu'elle avait appris l'existence de ces bateaux-bus qui transportaient des passagers sur le Grand Canal. Elle embarqua sur le premier en partance et s'installa à la proue, armée d'une puissante paire de jumelles.

Pendant une heure, le *vaporetto* remonta lentement le canal en faisant des haltes fréquentes. Arrivée au terminus, Dulcie n'avait toujours pas repéré sa proie. Elle refit le même trajet en sens inverse. Sans plus de succès. Elle était sur le point d'abandonner quand soudain elle crut reconnaître l'homme qu'elle cherchait.

Elle régla frénétiquement les jumelles. C'était bien lui !

Le *vaporetto* était sur le point de quitter un embarcadère. Dulcie sauta sur le quai juste à temps et promena son regard autour d'elle. La gondole avait disparu ! Elle s'engouffra dans une ruelle et déboucha sur un petit canal. Aucune trace de la gondole ; elle devait se trouver un peu plus loin vers la gauche. Dulcie courut jusqu'à un petit pont qu'elle traversa à toutes jambes et prit une autre ruelle sombre.

A l'autre bout, un autre canal, un autre pont. Une gondole venait dans sa direction. Etait-ce la bonne ? Dulcie se posta sur le pont, surveillant avec attention la longue embarcation. Le visage du gondolier, légèrement incliné vers l'avant, était masqué par son chapeau de paille.

— Lève la tête, supplia-t-elle à mi-voix.

L'avant de la gondole était déjà de l'autre côté du pont. Dans quelques secondes il serait trop tard ! Mue par une impulsion, Dulcie ôta une de ses sandales et la jeta par-dessus la balustrade. La chaussure heurta le chapeau du gondolier, qui tomba avec elle aux pieds de son propriétaire. Ce dernier leva la tête.

Dulcie sentit son cœur s'affoler. C'était lui ! Ses yeux turquoise étaient fixés sur elle et il lui souriait... Fascinée, elle lui rendit son sourire.

Guido Calvani s'inclina galamment.

— *Buon giorno, bella signorina*.

2.

A peine eut-il prononcé ces mots qu'il disparut sous le pont. Dulcie se précipita de l'autre côté et le vit manœuvrer pour accoster. Dieu merci, il n'avait pas de passagers, songea-t-elle en gagnant le quai en clopinant.

— Je suis vraiment confuse, déclara-t-elle. Je me suis tordu le pied et ma sandale a glissé. Je n'ai pas eu le temps de la rattraper. J'espère que vous n'êtes pas blessé.

— Je suis blessée en effet, et très grièvement. Mais pas à la tête...

Avec un sourire enjôleur, il indiqua son cœur.

Parfait. C'était exactement la réaction qu'elle attendait, songea Dulcie. Celle du séducteur chevronné. Eh bien, il allait trouver à qui parler...

Il avait arrêté la gondole au pied d'un petit escalier qui descendait dans l'eau.

— Si vous voulez bien vous asseoir, je me ferai un plaisir de vous rechausser, dit-il.

Elle s'installa sur une marche et sentit de longs doigts chauds et souples se refermer sur sa cheville. Il lui remit sa sandale avec des gestes délicats.

— Merci, Federico.

Il tressaillit.

— Fed... ?

— C'est inscrit sur votre chemise.

— Oh..., oui.

Guido avait complètement oublié que la mère de Federico cousait des étiquettes portant le nom de leur propriétaire sur les chemises de gondolier de son mari, de ses deux frères et de ses trois fils. Aucune importance. Il allait immédiatement dissiper ce malentendu.

Mais ses doigts s'attardèrent autour de la cheville de l'inconnue. La peau de cette belle étrangère était d'une telle douceur... Troublé, il leva les yeux. Le regard vert d'eau fixé sur lui le fascina au point qu'il en oublia tout le reste.

— Vous êtes à Venise depuis longtemps ? questionna-t-il.

— Je suis arrivée aujourd'hui.

— Dans ce cas, je vous prie d'accepter mes excuses pour cet accueil indigne de ma ville. Cependant, je dois vous prévenir que ces chaussures ne sont guère adaptées à ses rues dallées.

— Ce n'est pas très intelligent de ma part de porter des talons aussi hauts, n'est-ce pas ? répliqua-t-elle en prenant un air contrit. Mais Venise est une ville si différente de toutes les autres... C'est mon premier séjour ici et je n'ai personne pour me guider.

Dulcie se félicita intérieurement. En principe, cet aveu et sa moue de petite fille perdue devraient avoir l'effet voulu.

— Quel scandale ! Comment une jeune femme aussi ravissante peut-elle se trouver seule ? Surtout à Venise ! C'est un véritable crime.

Il fallait reconnaître qu'il était très doué pour les compliments, songea-t-elle. Heureusement qu'elle était prévenue contre lui... D'autant plus que ses doigts virils n'avaient toujours pas quitté sa cheville et que ce contact commençait à la troubler.

— Je crois que je ferais mieux de retourner à l'hôtel pour changer de chaussures, dit-elle.

Il ne bougea pas.

— Vous voulez bien ?

— Pardonnez-moi.

Visiblement confus, il retira vivement sa main.

— Permettez-moi de vous raccompagner.

— Je croyais que les gondoles s'en tenaient à un circuit touristique préétabli.

— C'est vrai, nous ne sommes pas des taxis. Mais pour vous je tiens à faire une exception. S'il vous plaît...

Il lui tendit la main pour l'aider à monter sur la gondole et lui indiqua une place où elle lui ferait face pendant qu'il ramerait.

— Asseyez-vous là. Il vaut mieux que vous ne regardiez pas vers la proue. Vous auriez le soleil dans les yeux. Et puis vous pourriez avoir le mal de mer, ajouta-t-il pour faire bonne mesure.

Dulcie s'exécuta docilement. Nul doute qu'en fonction des changements de direction de la gondole, elle risquait d'être aveuglée par le soleil, quelle que soit la place où elle serait assise... Mais peu importe. Ou plutôt, tant mieux.

Car s'il avait l'intention de la séduire en lui décochant des œillades incendiaires pendant tout le trajet, elle-même allait en profiter pour étendre ses longues jambes sous ses yeux. Certes, elle était censée l'appâter avec son titre et sa fortune supposée, mais après tout, pourquoi ne pas utiliser également les armes que la nature lui avait offertes ?

Il manœuvra pour s'éloigner du quai, puis la gondole se mit à glisser lentement le long d'étroits canaux bordés de hautes maisons dont les murs sortaient tout droit de l'eau. Il n'y avait pas de quai, et Dulcie s'émerveilla devant les petits ponts qui reliaient directement les façades au niveau du premier étage. Cette ville possédait vraiment un charme extraordinaire ! Pas étonnant que ses habitants lui vouent un culte.

En tout cas, son gondolier était un homme sensible et intelligent. Il se gardait bien de gâcher ce spectacle enchanteur par des mots. Seul le léger bruit de son aviron ondulant dans l'eau troublait le silence. Peu à peu, une langueur délicieuse s'empara de Dulcie. Déjà, Venise exerçait sur elle son pouvoir magique, l'invitant à s'abandonner au plaisir de flotter comme dans un songe parmi toutes ces splendeurs.

— C'est un autre monde, murmura-t-elle. Cette ville semble tombée d'une autre planète.

Une lueur étrange s'alluma dans les yeux turquoise.

— Vous avez raison. C'est exactement ça.

Elle avait le sentiment de dériver hors du temps. Seigneur ! Ce spectacle prodigieux lui donnait le tournis. Trop d'impressions et d'émotions se superposaient en elle. C'était comme si, sans y prendre garde, elle avait pénétré dans une autre dimension...

Soudain, elle se souvint vaguement que ce n'était pas pour se laisser ensorceler par Venise qu'elle avait fait le voyage. Elle était en mission. Son objectif était de démasquer l'imposteur debout en face d'elle à l'arrière de la gondole. Qu'il manœuvrait d'ailleurs avec une dextérité impressionnante, vu sa longueur et l'étroitesse de certains canaux...

Elle l'observa à la dérobée. Pas étonnant qu'une jeune fille romantique et naïve comme Jenny soit tombée sous son charme. Grand et mince, il n'avait pas une silhouette excessivement athlétique mais il émanait de tout son être une énergie exceptionnelle. Qui l'avait d'ailleurs électrisée quand il lui avait pris la main pour l'aider à monter sur la gondole… Il maniait le lourd aviron comme s'il ne pesait rien, l'accompagnant d'un balancement du corps, tel un danseur guidant sa cavalière.

Alors qu'ils débouchaient dans un canal plus large, le soleil surgit de derrière une maison. Dulcie mit une main devant ses yeux pour se protéger de la lumière aveuglante. Aussitôt, son compagnon retira son canotier et le lui lança.

— Tenez. Le soleil est traître.

Après avoir mis le chapeau, elle continua d'étudier discrètement son propriétaire. Le soleil allumait dans ses cheveux des reflets cuivrés du plus bel effet et accentuait l'éclat de son regard turquoise. Et quand il souriait, les petites rides qui griffaient le coin de ses yeux le rendaient tout simplement irrésistible. En ce moment même, la tête légèrement inclinée sur le côté, il lui adressait un sourire malicieux… Amusée malgré elle, elle ne put s'empêcher de rire.

— Sommes-nous bientôt arrivés ? demanda-t-elle.

— Arrivés ? Où donc ?

— A mon hôtel.

— Vous ne m'avez même pas dit son nom !

— Et vous, vous ne me l'avez pas demandé. Comment pouvez-vous savoir si nous allons dans la bonne direction ?

Son compagnon eut un haussement d'épaules désinvolte. Quelle importance ? semblait-il dire. Aucune, à vrai dire, songea Dulcie. C'était si bon de glisser sur l'eau dans ce décor envoûtant…

Soudain, elle reprit ses esprits. Où avait-elle donc la tête ? C'était le moment ou jamais de l'informer qu'elle résidait au Vittorio ! Etablissement prestigieux, où la moindre chambre coûtait une fortune… Seigneur ! Elle avait bien failli oublier pour de bon la raison de sa présence ici ! Il fallait absolument qu'elle se ressaisisse.

— Je loge à l'hôtel Vittorio, déclara-t-elle en prenant un air dégagé, tout en épiant sa réaction.

Il ne cilla pas. Il était bien trop malin pour commettre une erreur aussi grossière, songea-t-elle.

— C'est un excellent hôtel, *signorina*. J'espère que vous vous y plaisez.

— A vrai dire, je me sens un peu perdue, toute seule dans la suite impériale, répondit-elle d'un ton désinvolte.

Autant lui donner toutes les précisions utiles...

— Je vous comprends. Mais peut-être attendez-vous des amis qui occuperont bientôt la seconde chambre ?

— Vous connaissez la suite impériale ?

— J'ai eu l'occasion d'en admirer l'intérieur.

En galante compagnie, sans aucun doute, songea Dulcie, ravie de sentir sa rancune contre les coureurs de dot se réveiller.

— Je n'attends personne, précisa-t-elle.

Ils venaient d'accoster à l'embarcadère du Vittorio. Le gondolier lui tendit la main pour l'aider à se lever.

— Combien vous dois-je ? demanda-t-elle.

— Rien.

— Mais bien sûr que si ! Vous m'avez consacré plus d'une heure de votre temps.

Elle sentit sa main se resserrer autour de son poignet.

— S'il vous plaît, ne me faites pas l'injure de me proposer de l'argent.

Une lueur inquiétante s'était allumée dans les yeux turquoise. De toute évidence, il n'était pas question d'insister.

— Je n'avais pas l'intention de vous insulter, déclara-t-elle lentement. Mais...

— L'argent ne peut acheter que ce qui est à vendre, coupa-t-il d'un ton sans réplique.

Puis, avec une ferveur soudaine, il ajouta :

— Ne restez pas seule à Venise ! C'est trop triste !

— Je n'ai pas le choix.

— Si, laissez-moi vous montrer ma ville. Je la connais mieux que personne et j'aimerais vous faire partager l'amour que j'ai pour elle.

Dulcie était sur le point de réciter en minaudant l'une des répliques enjôleuses qu'elle avait répétées pour répondre à ce genre de proposition, mais les mots ne franchirent pas ses lèvres. Que lui arrivait-il ? C'était ridicule ! Sa mission la rebutait tout à coup. Elle qui faisait preuve d'un professionnalisme sans faille, d'ordinaire.

— Je… Je ne pense pas pouvoir accepter, dit-elle d'une voix hésitante.

— Non seulement vous le pouvez, mais vous le devez.

— Non, je…

Le gondolier referma ses longs doigts sur la main de Dulcie.

— Vous le devez, répéta-t-il. N'en êtes-vous donc pas consciente ?

Il y avait une telle intensité dans son regard qu'elle en fut bouleversée. Elle prit une profonde inspiration.

— D'accord.

— Je vous attendrai à 19 heures Chez Antonio. C'est un bar qui est juste au coin. N'oubliez pas de mettre des chaussures confortables.

Elle le regarda s'éloigner, puis se hâta de gagner sa suite. Il fallait absolument qu'elle profite des quelques heures de solitude qui la séparaient de leur rendez-vous pour recouvrer son sang-froid !

Ce ne fut pas facile, mais après une bonne heure de détente dans un bain moussant, elle eut enfin le sentiment d'être délivrée du sort qui lui avait été jeté au cours de cette première sortie dans Venise.

En tout cas, d'un point de vue strictement professionnel, tout se passait pour le mieux. L'objectif de l'étape numéro un avait été atteint. Le contact était établi avec l'homme qu'elle devait démasquer. A présent, il fallait passer à l'étape numéro deux. Et surtout, ne jamais oublier de garder un détachement professionnel sans faille...

Guido s'éloigna de l'hôtel aussi vite qu'il le put. Ce n'était pas le moment d'être reconnu par un de ses amis... Mais aussi, que lui avait-il pris de ne pas révéler sa véritable identité à cette créature divine ? se demanda-t-il, perplexe.

Maniant vigoureusement l'aviron, il gagna en quelques minutes le quartier où vivaient les familles de gondoliers, au nord de la ville.

Chez les Lucci, il trouva Federico devant la télévision, absorbé par un match de football. Sans un mot, il prit une bière dans le réfrigérateur et s'installa à côté de lui. A la mi-temps, il se leva et posa sur la table l'argent qu'il avait gagné en promenant les touristes en gondole. Comme à l'accoutumée, il avait doublé la somme avec ses propres deniers.

— La journée a été bonne, apparemment, commenta Fede d'un ton reconnaissant. Tu travailles comme un forcené !

— Oui, approuva Guido en frottant ses bras douloureux.

— Il serait peut-être temps que tu retournes à tes affaires, tu ne crois pas ?

Guido possédait sur l'île de Murano une verrerie et une fabrique de souvenirs.

— Sans doute, répliqua-t-il sans grand enthousiasme. Dis-moi, Fede... As-tu déjà eu le sentiment d'être à un tournant de ton existence ?

— Bien sûr. Quand j'ai rencontré ma Jenny.

— As-tu eu dès le premier instant la certitude que ton bonheur, ta vie même, dépendaient d'elle ? Et que pour rien au monde il ne fallait laisser passer une telle chance ?

Fede hocha la tête.

— C'est exactement ça.

— Alors que dois-je faire ?

— Tu viens toi-même de donner la réponse. Je ne sais pas qui tu as rencontré, mais si tu laisses passer ta chance, tu le regretteras toute ta vie.

Toute décision importante exigeait d'être mûrement réfléchie, se dit Dulcie en faisant coulisser la porte de l'immense penderie, dans l'intention de choisir avec soin sa tenue pour la soirée. Elle poussa un petit sifflement ; jamais elle n'avait disposé d'une telle garde-robe !

Quand elle était arrivée chez Feltham, tout le personnel, informé de sa venue par Roscoe, l'attendait de pied ferme. Voulant éviter de ressembler à un arbre de Noël, elle avait dû insister pour imposer son propre goût, plus... raffiné. Après avoir choisi quatre tenues, elle avait tenté de calmer le zèle des vendeuses, provoquant la consternation de la responsable.

— M. Harrison a précisé que la facture devait atteindre au moins vingt mille livres, avait objecté cette dernière.

— Vingt mil... ? Il n'aura qu'à dépenser la différence pour Jenny.

— Si nous ne nous conformons pas strictement à ses ordres, il sera très contrarié. Ça pourrait me coûter mon poste.

Vu sous cet angle, respecter le budget imposé par Roscoe devenait une obligation morale, avait décrété Dulcie. Finalement, quand elle avait quitté le magasin, elle était l'heureuse propriétaire de cinq robes de cocktail, deux splendides robes du soir haute couture, trois paires de pantalons, un assortiment complet de corsages en soie, une demi-douzaine de robes bain de soleil, deux déshabillés affriolants et toute une collection de dessous en dentelle. Plus un parfum de grand luxe, une gamme entière de produits de beauté hors de prix et enfin, une série de bagages en cuir dignes de contenir un tel butin.

A présent, debout devant la penderie de la suite impériale, elle se sentait soudain déprimée. Dire qu'elle avait une occasion unique de jouer les princesses dans un décor de rêve ! Malheureusement, cette ville, cet hôtel, ce rôle qu'elle devait tenir lui rappelaient cruellement que son prince charmant l'avait abandonnée quelques mois plus tôt.

Pourquoi avait-elle accepté cette mission ? C'était de la folie pure !

Soudain, elle releva le menton. Pas question de baisser les bras. Si elle était venue à Venise, c'était pour venger toutes les femmes bafouées comme elle par de vulgaires escrocs. Elle ne devait jamais l'oublier !

Il lui fallut tellement de temps pour faire son choix qu'elle était en retard quand elle finit par quitter la suite, vêtue d'une robe de cocktail en soie bleu pâle et chaussée d'escarpins argent dont les talons ne dépassaient pas trois centimètres.

Chez Antonio était un minuscule bar devant lequel une pergola chargée de plantes grimpantes abritait quelques tables. Le décor était charmant, mais aucune trace de son gondolier. Peut-être était-il à l'intérieur ? Dulcie entra dans le bar d'un pas nonchalant. Rapidement, elle déchanta. Aucune trace de lui ici non plus.

Il lui avait fait faux bond !

Stupidement, c'était la seule éventualité qu'elle n'avait pas envisagée...

Allons, pas d'affolement, se dit-elle. Il avait simplement quelques minutes de retard. A moins que ce ne soit une ruse de séducteur ? Mais non. Quel intérêt ? En tout cas, cette absence était loin d'être flatteuse...

Le visage crispé, Dulcie se dirigea vers la sortie d'un pas décidé. Au moment de franchir la porte, elle se heurta contre un homme qui arrivait en courant.

— *Mio dio !* s'écria une voix familière dans laquelle perçait un soulagement manifeste. J'ai pensé que vous m'aviez fait faux bond !

— Moi... ?

— En ne vous voyant pas arriver, j'ai cru que vous aviez changé d'avis. Je suis parti à votre recherche.

— Je n'avais que dix minutes de retard !

— Dix minutes, dix heures — quelle différence ? Ça m'a semblé une éternité ! Et je ne connais même pas votre nom ! Comment vous aurais-je retrouvée ? Oh, je suis si heureux que vous soyez là ! Venez avec moi, ajouta-t-il en la prenant par la main.

Il l'entraîna le long du canal.

Quel comédien ! songea Dulcie. Mais sa compagnie était si agréable... Pourquoi ne pas profiter de l'instant ? Nul doute qu'il allait lui faire découvrir des endroits merveilleux.

Il avait troqué sa tenue de travail contre un jean et une chemise d'une blancheur éclatante, qui mettait en valeur son teint hâlé.

— Vous m'auriez retrouvée sans mal, fit-elle observer, tandis qu'ils flânaient, main dans la main. Vous savez à quel hôtel je suis.

— Vous m'imaginez entrer au Vittorio et expliquer à la réception que la jeune femme qui occupe la suite la plus luxueuse de l'établissement m'a posé un lapin ? Leur dire : « pourriez-vous être assez aimable pour me communiquer son nom, s'il vous plaît ? » Je me serais fait jeter dehors ! Ils sont très efficaces pour se débarrasser des types louches.

— Seriez-vous un « type louche » ?

— C'est certainement ce qu'ils penseraient de moi si je leur racontais une histoire pareille. Où allons-nous, à présent ?

— C'est vous qui connaissez Venise.

— Exact. Et je suggère de commencer par déguster une glace.

— Oh, oui ! s'écria-t-elle aussitôt.

C'était idiot, mais elle se sentait soudain aussi excitée qu'une gamine.

Son compagnon eut un sourire ravi.

— Venez.

Ils s'enfoncèrent dans un dédale de ruelles et de canaux, s'attardant sur les ponts pour contempler les embarcations qui glissaient silencieusement sur l'eau.

— Quel calme ! chuchota-t-elle, émerveillée.

— C'est parce qu'il n'y a pas de voitures.

— Bien sûr ! Je n'en avais pas vraiment pris conscience !

— Aucune voiture ne peut pénétrer dans ma ville, déclara-t-il avec une satisfaction manifeste. Aucune.

— Votre ville ?

— Tout véritable Vénitien dit « ma ville » en parlant de Venise. Il prétend qu'elle lui appartient pour dissimuler qu'en réalité c'est tout le contraire. Venise est une mère possessive qui a du mal à laisser partir ses enfants. Partout où ils vont dans le monde, elle les accompagne, les incitant au retour.

Il eut un rire gêné.

— A présent, Venise vous invite à manger une glace.

Il la conduisit à une terrasse de café au bord d'un petit canal. Dulcie ne comprit pas un mot de son échange avec le serveur.

— Parliez-vous en italien ? questionna-t-elle quand ils furent de nouveau seuls.

— Non, en vénitien.

— Ça semble très différent.

— Ça l'est, en effet. Avant d'être une province italienne, Venise était une république indépendante. Et aujourd'hui encore, nous nous considérons comme Vénitiens avant tout.

De toute évidence, il éprouvait une réelle passion pour sa ville, constata Dulcie, fascinée par l'exaltation avec laquelle il parlait. Elle avait hâte d'en apprendre plus sur les liens étroits qui unissaient cette ville et ses habitants ! Mais le serveur revint avec leur commande et son compagnon se tut. Déçue, elle se promit de revenir plus tard sur le sujet.

Toutefois, en voyant les deux énormes coupes de glace au chocolat, accompagnées d'un pot de crème et d'un pot de chocolat épais, elle oublia momentanément les mystères de Venise.

— J'ai commandé du chocolat parce que c'est mon parfum préféré, expliqua-t-il.

— Et si je n'aimais pas ça ?

— Aucun risque. Goûtez-la.

Dulcie ne put s'empêcher de pouffer.

— Vous ne m'avez toujours pas dit votre nom, fit-il observer en souriant.

— Dulcie.

— Dulcie tout court ?

Elle eut un moment d'hésitation. La compagnie de cet homme était si agréable qu'une fois de plus, elle en avait presque oublié sa mission ! C'était pourtant le moment ou jamais de lui dévoiler ses origines nobles.

— Lady Dulcie Maddox, précisa-t-elle à contrecœur.

Il arqua les sourcils.

— Lady ?

— Oui. Mon père est comte.

— Vraiment ?

Sans doute allait-il en profiter pour prétendre qu'il appartenait lui aussi à l'aristocratie, se dit-elle. C'était l'occasion rêvée.

— Je comprends vos réticences à me l'avouer, reprit-il après un silence.

— Que voulez-vous dire ?

Il haussa les épaules.

— Dulcie est libre de faire ce qu'elle veut, mais *lady* Dulcie ne peut pas se permettre de fréquenter un gondolier.

— Pas du tout, protesta-t-elle, embarrassée.

Ce n'était pas la réaction à laquelle elle s'attendait… Pourquoi se rabaissait-il au lieu de lui raconter la même fable qu'à Jenny ? Quoi qu'il en soit, elle pouvait difficilement lui expliquer que si elle était venue à Venise c'était précisément pour le rencontrer !

— Lady ou pas, je suis ravie d'avoir fait votre connaissance, déclara-t-elle avec sincérité.

Il l'observa longuement avant de répondre d'une voix rauque :

— Moi aussi.

3.

— Et pardonnez-moi si je parle trop de Venise, ajouta-t-il. J'oublie toujours que chacun doit ressentir la même passion pour sa ville natale.

— Je ne sais pas, dit-elle pensivement. Je ne crois pas éprouver un attachement aussi profond pour Londres.

— Est-ce là que vous vivez ?

— Aujourd'hui, oui. Mais j'ai grandi sur les terres de mon père...

— Ah oui, le comte. Je suppose qu'il possède un grand domaine ?

— Immense.

Et entièrement hypothéqué. Mais c'était le genre de détail qu'il valait mieux garder pour elle...

— Vous avez donc été élevée à la campagne ?

— Oui. Je me souviens que ce qui m'impressionnait le plus c'était le calme, comme ici. J'avais l'habitude de me mettre à la fenêtre de ma chambre à l'aube, pour regarder les arbres émerger lentement de la brume. Je me racontais que c'étaient des géants bienfaisants qui ne pouvaient me rendre visite qu'au point du jour et j'imaginais des tas d'aventures dont ils étaient les héros.

Haussant les épaules, elle s'interrompit brusquement. Que lui prenait-il de raconter sa vie ?

Mais son compagnon l'observait avec un intérêt manifeste.

— Poursuivez, dit-il.

Elle lui parla de son enfance, lui expliqua que son unique frère était trop âgé pour s'amuser avec elle et qu'elle avait pris l'habitude de s'inventer des amis imaginaires.

C'était si agréable de trouver une oreille aussi attentive ! Dans sa famille, personne n'avait jamais manifesté le moindre intérêt pour ses tendances à la « rêverie », et elle avait fini par les étouffer pour ne cultiver que les aspects plus pragmatiques de sa personnalité. Etait-ce le charme mystérieux de Venise ou celui de son compagnon qui réveillait ce soir ces souvenirs enfouis et la poussait à se confier comme elle ne l'avait jamais fait auparavant ?

A un certain moment, son compagnon régla l'addition et lui tendit la main pour l'aider à se lever. « Nous allons poursuivre la soirée ailleurs », murmura-t-il sans détacher d'elle son regard captivé ni interrompre le flot de ses souvenirs. Si bien que quelques minutes plus tard, alors qu'ils traversaient un pont, elle se demanda, tout étonnée, comment elle était arrivée jusque-là.

Il la conduisit dans un autre restaurant, où il commanda de nouveau sans la consulter. C'est ainsi qu'elle découvrit les « huîtres vénitiennes ». Coquilles fourrées au caviar saupoudré de poivre, servies sur glace avec du citron, du pain bis et du beurre. C'était divin !

— La cuisine vénitienne est la meilleure du monde, affirma son compagnon avec le plus grand sérieux.

— Je veux bien vous croire. Je n'ai jamais rien mangé d'aussi délicieux.

— Vous ne m'en voulez pas d'avoir commandé pour vous ?

— Au contraire ! De toute façon, je n'aurais pas su quoi choisir.

— Donc, vous vous en remettez entièrement à moi. *Bene* !

— Ce n'est pas du tout ce que j'ai dit. Je vous laisse seulement le choix des plats.

— Puisque nous sommes à table, ça revient au même.

— Je préfère me tenir sur mes gardes. Je connais la réputation des gondoliers, plaisanta-t-elle.

— Et quelle est-elle exactement ? rétorqua-t-il d'un ton faussement offensé.

— Ce sont tous des Romeo…

— Pas Romeo, Casanova.

— Est-ce très différent ?

— Oui. Venise est la patrie de Casanova. Place Saint-Marc, le café Florian, qui était son quartier général, existe toujours. C'est également à Venise que Casanova a été emprisonné. Vous disiez donc… ?

— Vous m'accordez le droit de terminer ma phrase ?

Il posa un doigt sur sa bouche.

— Je ne dirai plus un mot.

— J'ai du mal à vous croire. Où en étais-je ?

— Tous les gondoliers sont des Casanova…

— Qui collectionnent les conquêtes amoureuses.

— Bien sûr ! acquiesça-t-il sans la moindre trace de remords. C'est parce qu'ils sont à la recherche de la femme idéale.

— La belle excuse !

— Pour moi, la recherche de la perfection est essentielle.

A en juger par la ferveur de sa voix, il ne plaisantait plus. Malgré elle, Dulcie répondit sur le même ton.

— Mais le monde est imparfait par essence ! La perfection n'existe pas.

— Si, bien sûr. Quand on sait être attentif, on peut la trouver dans les plus petites choses comme dans les plus grandes. Regardez.

Leur table se trouvait en terrasse, au bord d'un canal. Sur la rive opposée s'élevaient deux façades baroques d'une hauteur imposante, séparées par une étroite ruelle. Exactement en leur milieu, comme suspendu entre elles par un fil invisible, le soleil couchant arrosait d'un jet flamboyant les dalles de la ruelle.

— Vous voyez, reprit-t-il après un instant de silence, pour trouver la perfection, il suffit de savoir la chercher.

— Parfois aussi on croit l'avoir trouvée, puis on s'aperçoit que ce n'était qu'une illusion, murmura Dulcie.

Il lui jeta un regard aigu.

— C'est vrai, acquiesça-t-il.

Puis il laissa échapper un petit rire.

— Pourquoi sommes-nous aussi sérieux tout à coup ? La soirée est trop belle pour ça !

— Vous avez raison. D'autant plus que je suis ici pour m'amuser.

— Vous amuser ? Pourquoi être venue seule dans ce cas ? Il n'y a rien de plus triste qu'une femme seule à Venise. A moins que... C'est curieux, j'ai du mal à croire que vous fassiez partie de ces touristes qui viennent ici dans le seul but d'y vivre un amour de vacances.

A son grand dam, Dulcie sentit ses joues s'enflammer. Seigneur ! Cet homme était un peu trop perspicace à son goût. Et son regard turquoise un peu trop déstabilisant... Elle détourna les yeux.

— Que se passe-t-il ? Vous aurais-je blessée ? Ce n'était nullement mon intention.

— Je vous crois, répondit-elle en s'efforçant de prendre un air dégagé. Et je vous remercie pour le choix du restaurant. C'était excellent. Qu'avez-vous choisi pour la suite ?

— *Polastri Pini e Boni.*

Elle consulta le menu.

— Je ne le vois nulle part.

— C'est du poulet farci aux herbes, au fromage et aux amandes. Il est normal que vous ne le trouviez pas. On ne sert pas ce plat ici.

— Alors… ?

— Nous allons le manger ailleurs.

— Allons-nous changer de restaurant à chaque plat ?

— Bien sûr. C'est le seul moyen de faire le repas idéal. Venez.

Il l'entraîna à l'écart du circuit touristique, dans un dédale de ruelles noyées dans la pénombre. Au-dessus de leurs têtes, les derniers rayons du couchant étaient presque entièrement masqués par le linge étendu entre les maisons.

— Moi qui pensais qu'il n'y avait presque pas de rues à Venise, murmura Dulcie.

— En fait, on peut marcher pendant des heures.

— Pourquoi la ville a-t-elle été construite sur l'eau ?

— Il y a plusieurs siècles, pour fuir leurs ennemis, mes ancêtres ont quitté le continent pour s'installer dans les lagunes parsemées de petites îles. Peu à peu, ils ont bâti une ville miracle. *Miraculosissima civitas*, selon les termes de Pétrarque. Venise est née de rien. C'est une ville uniquement due à la volonté des hommes, qui ont réussi par des travaux incessants à la faire émerger de l'eau, puis à la maintenir en vie.

— Comment ont-ils fait ? C'est un défi à la raison.

— Oh, la raison…

Il haussa les épaules.

— Elle est l'ennemie de la création. Il ne faut jamais se laisser guider par elle.

— J'ai bien peur de ne pas partager ce point de vue. Je suis raisonnable, sérieuse, dotée d'un solide sens pratique...

Il se boucha les oreilles.

— Arrêtez ! Je ne veux pas entendre un mot de plus. Allons plutôt poursuivre notre dîner.

Il l'invita à monter un petit escalier, qui aboutissait à une porte qu'aucune enseigne ne signalait. Derrière, se cachait une salle de restaurant bondée. Après avoir goûté une bouchée de poulet, Dulcie comprit pourquoi cet endroit discret était aussi couru. Si le plat précédent l'avait transportée aux portes du paradis, celui-ci les lui ouvrait...

La mine gourmande de Dulcie combla Guido. Visiblement sa compagne était ravie de sa soirée, se dit-il. Tant mieux. Avant de lui révéler sa véritable identité, il voulait être sûr d'être apprécié pour lui-même. Pour atteindre la vérité, il fallait parfois travestir les faits...

Tout à coup, il tressaillit. Une main venait de se refermer sur son épaule.

— Guido, quelle bonne surprise ! lança une voix joyeuse.

Il jeta un coup d'œil anxieux à Dulcie. Dieu merci, elle était occupée à nourrir un chaton sous la table ! Apparemment, elle n'avait pas entendu son ami Alberto l'appeler Guido. Mais la catastrophe était imminente...

— Salut, vieux, répondit Guido en vénitien. Rends-moi service. Va t'amuser ailleurs.

— En voilà une façon de parler à un ami, Gui...

— Sois gentil, va-t'en.

Alberto le fixa d'un air ébahi, puis il vit Dulcie relever la tête.

— Ah ! Une femme. Sacré Guido ! Pourquoi ne veux-tu pas me la présenter ?

— C'est l'eau du canal que je vais te présenter dans une minute.

— D'accord, d'accord, je te laisse.

Guido regarda Alberto s'éloigner avec soulagement. Il l'avait échappé belle ! Il aurait dû emmener Dulcie dans un endroit où il ne risquait pas d'être reconnu. Mais où trouver un coin pareil dans Venise ? Il n'allait plus pouvoir reculer très longtemps le moment de lui avouer sa supercherie. Comment allait-il se justifier ? Oh, il improviserait. Après tout, il était très doué pour ça. Quand on avait une vie sentimentale aussi agitée que la sienne, l'improvisation finissait par être une seconde nature.

— Si vous avez terminé, marchons de nouveau, dit-il. Venise a changé depuis tout à l'heure.

Il avait raison, constata-t-elle dès qu'ils furent dehors. La nuit avait transformé la ville, dont les lumières, scintillant comme des joyaux, se reflétaient sur l'eau devenue noire. Son compagnon l'entraîna vers un petit pont. Accoudée au parapet, elle savoura le spectacle en silence.

Guido se garda bien de troubler sa contemplation par des paroles. Il avait des milliers de choses à lui dire, mais pas question de se précipiter. Il risquait de rompre le charme de cette soirée. Pour l'instant, mieux valait laisser Venise travailler pour lui...

Extasiée, Dulcie écoutait le son des mandolines, qui leur parvenait faiblement, recouvert de temps à autre par d'étranges vocalises évoquant une tyrolienne.

— Quel est ce chant ? demanda-t-elle.

— C'est le signal que lancent les gondoliers quand ils approchent d'un embranchement. Avec dix mètres de coque devant eux, ils ont intérêt à avertir de leur arrivée pour éviter les collisions.

Pendant qu'il parlait, le chant retentit non loin d'eux, et la proue d'une gondole apparut à l'angle d'un mur. Après avoir tourné le coin, l'embarcation se dirigea vers eux. Deux amoureux y étaient assis, tendrement enlacés. Les lumières du pont éclairèrent leurs visages.

Dulcie eut l'impression de recevoir un coup de poing dans l'estomac. Cet homme ! Non, c'était impossible... Son imagination lui jouait un mauvais tour. Alors que la gondole passait sous le pont, elle se précipita de l'autre côté. Il fallait absolument qu'elle en ait le cœur net ! Mais l'homme était de dos à présent. Comment savoir s'il s'agissait bien de Simon ? Seigneur ! C'était comme si elle avait brusquement remonté le temps... La souffrance avait resurgi, dévastatrice.

— Dulcie, que se passe-t-il ?

Elle sentit des mains puissantes lui saisir les bras. Visiblement inquiet, son compagnon l'obligea à lui faire face.

— Dites-moi ce qui se passe.

— Rien.

— Cet homme... vous le connaissez ?

— Non... Ce n'est sûrement pas lui. Excusez-moi, je n'ai pas envie d'en parler.

— Je vois.

— Mais non, vous ne voyez rien du tout ! De toute façon, je viens de vous dire que je préférais éviter le sujet.

— Vous l'aimiez et vous aviez fait le projet de venir ici avec lui, poursuivit-il sans prêter la moindre attention à ses protestations. L'aimez-vous encore ?

— Ce n'était pas lui, répliqua-t-elle d'une voix mal assurée. Juste quelqu'un qui lui ressemblait un peu.

— Vous n'avez pas répondu à ma question. L'aimez-vous encore ?

— Non ! Oui… Je ne sais pas.

— Aviez-vous le projet de venir à Venise avec lui ?

Elle poussa un soupir las.

— Oui.

— Pourquoi avez-vous décidé de venir malgré tout ? Pour pleurer sur vos amours perdues ?

— Mais non ! protesta-t-elle avec véhémence. Comment osez-vous proférer une telle absurdité ? Je n'ai pas l'habitude de me complaire dans les regrets !

Il éclata de rire.

— *Brava ! Brava !* Je savais bien que vous n'étiez pas du genre à vous laisser abattre. Quoi qu'il vous ait fait, vous finirez par l'oublier. En attendant, que diriez-vous de lui infliger un châtiment bien mérité ? Nous pourrions le rattraper et le flanquer à l'eau.

— Ne dites pas de bêtises ! rétorqua-t-elle en riant malgré elle. Je ne sais même pas si c'est lui.

— Ça ne fait rien, jetons-le quand même à l'eau.

— Quel farceur ! Pourquoi faire une chose pareille ?

— Pour venger toutes les femmes bafouées.

Dulcie tressaillit. S'il savait que c'était là le véritable objectif de son séjour à Venise ! Et que c'était sur lui qu'elle avait l'intention d'exercer cette vengeance…

— Quelle idée ! lança-t-elle d'un ton qu'elle voulait désinvolte. Oublions tout ça.

— D'accord. Pensons plutôt à la journée de demain. J'ai tant de choses à vous montrer…

— Ne devez-vous pas travailler ?

— Pas demain. Ma journée vous sera entièrement consacrée.

— Oh, vraiment ? Et si j'avais d'autres projets ? le taquina-t-elle.

— Vous préférez rester seule ?

Devant sa mine déconfite, Dulcie éclata de rire.

— Non, je serai ravie de passer la journée en votre compagnie.

— Je préfère ça ! Que diriez-vous d'aller à la plage ?

— Une vraie plage de sable ?

— Bien sûr. Venise n'offre pas seulement la meilleure cuisine du monde, mais aussi la plus belle plage du monde.

— Et quoi d'autre encore ? questionna-t-elle avec un sourire mutin.

— Le compagnon le plus charmant du monde. Moi.

Cessant brusquement de faire le pitre, il la prit dans ses bras et l'étreignit, sans tenter de l'embrasser. Quand il s'écarta d'elle, il lui caressa la joue d'un geste très doux et remit en place une mèche folle.

— Dulcie, murmura-t-il. Il y a tant de choses que je voudrais vous dire... Mais pas maintenant. Ce n'est pas encore le moment.

Elle fut parcourue d'un long frisson. Seigneur ! Si elle n'y prenait pas garde, cet homme allait lui faire perdre l'esprit...

— Je... je ne peux pas, bredouilla-t-elle. Je ne peux pas vous voir demain.

— Après-demain, alors ?

— Non, ni après-demain ni un autre jour. Je n'aurais jamais dû venir ici. Il vaut mieux que je rentre chez moi.

Il ne fit pas un geste pour la retenir quand elle partit en courant.

Que se passait-il ? se demanda-t-elle, en proie à la plus grande confusion. La tournure que prenaient les événements ne correspondait en rien à ses prévisions...

Peu à peu, elle ralentit. Allons bon, voilà qu'elle s'était perdue ! Toutes les ruelles se ressemblaient... Sous un réverbère, elle fouilla dans son sac à la recherche d'un plan. Hélas, celui-ci ne lui permit pas de se repérer.

— Je vais vous reconduire à votre hôtel, proposa une voix familière surgie de nulle part. Nous n'en sommes pas très loin.

En effet, quelques minutes plus tard, ils arrivèrent à l'embarcadère du Vittorio. Dire qu'elle se croyait à des kilomètres !

— Vous n'avez plus besoin de mon aide, à présent, déclara son compagnon en restant en retrait dans l'ombre.

Elle lui tendit la main.

— Merci beaucoup. J'ai passé une soirée très agréable. Excusez-moi d'y mettre fin de manière aussi abrupte.

— Songez-vous sérieusement à quitter Venise ?

— Oui. Je... je ne peux pas vous expliquer, mais... je n'aurais jamais dû venir ici. Il faut que je rentre à Londres. Il le faut vraiment. Au revoir.

Sur ces mots, elle s'éloigna précipitamment et entra dans l'hôtel sans se retourner.

En regagnant la suite impériale, elle se félicita de sa décision. Roscoe allait être furieux, mais c'était inévitable. Elle n'était pas en état de poursuivre sereinement cette mission.

Au moment où elle ouvrait sa porte, le téléphone sonna.

— S'il vous plaît, ne partez pas ! supplia une voix qui l'électrisa tout entière.

— Il le faut. C'est plus raisonnable.

— Raisonnable ! Ne voyez-vous pas que vous êtes sur le point de commettre l'erreur la plus grave de votre vie ? Je vous attendrai à 10 heures demain matin à l'embarcadère du *vaporetto*, juste à côté de celui de l'hôtel. Prenez vos affaires de plage.

— Mais…

— 10 heures. Ne soyez pas en retard.

Il raccrocha.

Grands Dieux ! Elle nageait de nouveau en pleine confusion ! Pourquoi ne parvenait-elle pas à garder le contrôle de la situation ?

S'efforçant de retrouver son calme, elle sortit sur le balcon pour contempler le Grand Canal. A cette heure de la nuit, il était pratiquement désert. Seule, de temps à autre, la silhouette mouvante et solitaire d'un gondolier qui regagnait son domicile flottait silencieusement dans la pénombre, tel un fantôme.

Envoûtée, Dulcie s'attarda sur le balcon, tandis que les unes après les autres, les dernières lumières des cafés s'éteignaient. Si seulement cette nuit pouvait ne jamais finir…, songea-t-elle avec mélancolie. Venise allait lui manquer.

La sonnerie du téléphone la fit tressaillir.

— Où en êtes-vous ? questionna Roscoe sans préambule. Avez-vous obtenu des résultats ?

— Je ne suis arrivée qu'hier !

— Vous n'avez pas encore réussi à établir le contact avec notre homme ?

— Si, mais…

— Formidable ! Et il se confirme que c'est une fripouille, je suppose.

— M. Harrison, si cet homme a conquis Jenny c'est qu'il a certaines qualités, figurez-vous. Il est charmant, intelligent…

— Ne me dites pas que vous vous êtes laissé piéger, vous aussi !

— Pas du tout ! protesta-t-elle avec indignation.

— En êtes-vous bien sûre ? Un homme charmant, intelligent…

— N'ayez aucune crainte. Je sais à quoi m'en tenir sur son compte. Laissez-moi encore quelques jours et je le démasquerai.

Elle raccrocha. Heureusement que ce coup de téléphone lui avait rendu le sens des réalités ! Comment avait-elle pu se montrer sensible aux manœuvres de séduction d'un vulgaire coureur de dot ? Ce n'était ni plus ni moins qu'une faute professionnelle !

Dorénavant, elle se tiendrait sur ses gardes.

Perdu dans ses pensées, Guido ne remarqua pas les deux hommes qui débouchaient d'une ruelle perpendiculaire au quai sur lequel il marchait.

— Excusez-moi, marmonna-t-il en heurtant l'un d'eux.

— Hé, Guido, c'est nous ! lança Marco en l'attrapant par le bras.

— Ah oui, en effet.

— Tu sembles complètement ailleurs, fit observer Leo.

— Oui, c'est vrai. Dans quelle direction se trouve le palais ?

Question stupéfiante de la part de quelqu'un qui connaissait Venise aussi bien que Guido. Après avoir échangé un regard entendu, son demi-frère et son cousin l'encadrèrent et l'entraînèrent à leur suite.

Lorsqu'ils arrivèrent au Palazzo Calvani, Marco demanda au maître d'hôtel de servir du vin sur la terrasse, qui surplombait les jardins baignés par le Grand Canal.

— Bois avant de parler, dit-il à Guido en trinquant avec lui. Il y a peu de problèmes qui résistent à un bon vin.

— Je n'ai aucun problème.

— Que t'arrive-t-il alors ?

— Je suis amoureux.

— Encore ! s'exclama Leo.

— Cette fois je suis sérieux. J'ai rencontré la femme idéale.

— Quand ?

— Cet après-midi. Un vrai coup de foudre.

— Comment peux-tu être certain que ce n'est pas ton futur titre qui l'intéresse ? D'habitude, c'est ta hantise.

— Elle n'est pas au courant. Elle me croit gondolier. Et de toute façon, mon instinct me dit que son cœur est pur. Elle est incapable de trahison. Quand elle m'aimera, ce sera pour moi seul.

Leo arqua les sourcils.

— Tu veux dire qu'elle ne t'aime pas encore ? Où est passé ton légendaire pouvoir de séduction ?

Guido ignora le sarcasme.

— Elle va m'aimer.

— Rappelle-moi depuis combien de temps tu la connais ?

— Je l'ai rencontrée il y a quelques heures mais je la connais depuis toujours.

— Tu as perdu l'esprit ! s'esclaffa Marco.

Guido leva les mains.

— Silence, ignorants ! Vous ne pouvez pas comprendre.

4.

— Il faut que je rentre chez moi, déclara Leo le lendemain matin. Je suis venu parce que notre oncle était malade, mais à présent que nous sommes rassurés sur son état de santé, je ne peux pas m'attarder plus longtemps.

— Reste encore un peu ! plaida Guido. Il te voit si rarement. Et qui sait combien de temps encore il sera parmi nous ?

Ils prenaient le petit déjeuner sur la terrasse, dégustant l'excellent café de Liza.

— Oncle Francesco nous survivra à tous, affirma Leo. Et moi j'ai un travail fou à la propriété à cette saison.

— Tu dis ça toute l'année ! Reconnais plutôt que tu ne supportes pas de rester loin de la Toscane plus de quelques heures.

— C'est vrai. Je déteste la ville.

— Ne mets pas Venise sur le même plan que les autres villes, s'il te plaît.

— Par pitié, ne commence pas ! s'exclama Leo avec un agacement manifeste. Cette dévotion que tu as pour Venise est ridicule. Tu n'es pas plus vénitien que moi.

— Je suis né ici.

— Marco et moi aussi. Mais uniquement parce que notre oncle Francesco a insisté pour que nos mères respectives mettent leurs enfants au monde à Venise. La tradition veut que tous les membres de la lignée Calvani naissent au Palazzo Calvani !

Le ton méprisant de Leo donnait une idée très précise de ce qu'il pensait de cette tradition.

— Ensuite, toi et moi avons été ramenés en Toscane alors que nous n'avions que quelques semaines, poursuivit-il. Notre véritable patrie est là-bas.

— Cela ne vaut pas pour moi, répliqua Guido. J'ai toujours préféré Venise.

Enfant, il passait toutes les vacances scolaires chez son oncle, puis quand il avait eu douze ans, ce dernier avait demandé à son père de le lui confier de manière permanente, afin qu'il soit élevé dans la ville où son futur titre l'appellerait à résider plus tard. A l'époque, Guido n'avait qu'une idée très vague de ce que représentait ce « futur titre », mais cette ville enracinée dans l'eau l'émerveillait. Il avait accueilli avec joie la perspective d'y vivre toute l'année.

Bien qu'ayant toujours ressenti pour son père une profonde affection, il n'avait jamais été très à l'aise avec lui. Fermier dans l'âme, Bertrando passait la plupart de son temps sur ses terres en compagnie de Leo. Ne partageant pas cette passion, Guido s'était toujours senti exclu de leur complicité. Bertrando avait vivement protesté contre le « kidnapping » de son fils cadet, mais une généreuse donation avait fini par vaincre ses réticences.

Par la suite, quand il avait découvert en quoi consistait son héritage, Guido avait déchanté. Cependant, rien n'avait pu amoindrir son amour pour Venise. Fidèle à son désir d'indépendance, il s'y était bâti une fortune personnelle en montant une verrerie et une fabrique de souvenirs.

Marco les rejoignit tout en concluant une conversation sur son téléphone portable. Puis il s'assit et déclara :

— Il est temps que je rentre chez moi.

— Mais enfin, qu'est-ce qui vous prend, tous les deux ? s'écria Guido. Oncle Francesco est si heureux que vous soyez là ! Il se plaint sans arrêt de ne jamais vous voir.

— Je ne peux pas négliger mes affaires plus longtemps, fit valoir Marco.

— Penses-tu ! La banque peut très bien se passer de toi, affirma Guido d'un ton désinvolte.

Ce qui était de la pure provocation de sa part. Comme tout le monde, il savait parfaitement que Marco n'était pas un simple banquier mais une sommité de la finance internationale. Son instinct infaillible en matière d'opérations boursières avait enrichi de nombreuses personnes autour de lui et sauvé beaucoup d'autres du désastre. Guido lui-même avait eu recours à ses conseils pour développer son entreprise. Mais comment résister au plaisir de le taquiner de temps à autre ? songea-t-il avec malice.

Marco ignora superbement la flèche lancée par son cousin. D'une beauté austère, renfermé et distant, il manifestait le plus souvent à l'égard de ses semblables une condescendance blasée et restait une énigme pour ses proches. Il ne concevait pas de vivre ailleurs qu'à Rome, ville natale de sa mère, où il passait le plus clair de son temps à travailler.

Une seule fois, quatre ans auparavant, il avait donné à ses cousins l'impression de vivre dans le même monde que le commun des mortels. Il était tombé amoureux, s'était fiancé et avait fixé la date du mariage dans la foulée. Guido et Leo avaient été stupéfaits par le changement qui s'était opéré en lui. Son visage d'ordinaire impassible rayonnait de bonheur en permanence. Et surtout, une lueur admirative s'allumait dans son regard à la vue de sa bien-aimée. Or, s'il y avait bien un sentiment dont ils le croyaient incapable, c'était l'admiration.

Et puis, du jour au lendemain, les fiançailles avaient été rompues et le mariage annulé. Sans explication. Marco, qui n'en avait plus jamais reparlé depuis, n'avait eu qu'un seul commentaire : « Ce sont des choses qui arrivent. Nous avons pris cette décision d'un commun accord. »

— D'un commun accord ? avait répété Guido un moment plus tard, alors qu'il se trouvait seul avec Leo. Tu as vu sa tête ? On dirait un mort-vivant.

— Tu ne parviendras jamais à le lui faire admettre, avait prédit Leo.

Et il ne se trompait pas.

Deux ans plus tard, Guido avait rencontré par hasard l'ex-fiancée de son cousin, qui lui avait confirmé que c'était elle qui avait rompu, oppressée par la passion exclusive de Marco.

— Il était trop possessif, avait-elle expliqué. Je l'aimais, mais c'était devenu insupportable.

— Marco ? Possessif ? s'était écrié Leo, abasourdi, quand Guido lui avait rapporté cette conversation. Tu as dû mal comprendre !

— Non, je t'assure, avait répliqué Guido.

Après une période de solitude, Marco s'était mis à collectionner les aventures. Désormais, on le voyait rarement sans une créature de rêve au bras. Ces relations ne duraient jamais très longtemps et de ce point de vue, sa vie n'était pas si différente de celle de Guido. A la différence près que pour lui, les femmes passaient toujours après le travail.

Au moment où il s'installait à table avec ses cousins, Liza apparut avec une nouvelle cafetière. Elle posa celle-ci sur la table, enleva l'ancienne et débarrassa les assiettes utilisées sans dire un mot ni paraître s'apercevoir de leur présence.

Après avoir bu son café, Marco s'excusa et s'éloigna en composant un numéro sur son portable.

— Lui encore, il peut travailler à distance, marmonna Leo. Pour moi, c'est impossible. Je ne peux pas rester plus longtemps.

— Juste quelques jours encore ! supplia Guido. C'est si important pour notre oncle.

— Avoue qu'en réalité tu veux que nous détournions son attention pendant que tu te livres à tes frasques habituelles.

— Pas du tout. Mes frasques, comme tu les appelles, appartiennent au passé.

Ne voyant pas Dulcie quand il arriva à l'embarcadère du *vaporetto*, Guido fut pris d'une peur panique. Elle ne viendrait pas ! Elle avait quitté Venise ! Il ne la reverrait jamais...

Soudain, son cœur fit un bond dans sa poitrine. C'était elle ! Elle avançait vers lui.

— Vite, dit-il en lui prenant la main, le *vaporetto* arrive.

Dès que le bateau fut à l'arrêt, il l'entraîna à bord. Pas question de lui laisser le temps de changer d'avis ! Il trouva deux places à la proue, et s'assit près d'elle en silence, savourant le bonheur de l'avoir retrouvée.

Dulcie était à la fois irritée contre elle-même et ravie d'être là. Dire que quelques instants plus tôt elle était fermement décidée à ne pas se rendre à ce rendez-vous ! Inutile de passer une journée entière avec cet imposteur pour le démasquer, avait-elle raisonné. Alors pourquoi avait-elle mis un deux-pièces dans son sac, enfilé une robe bain de soleil et chaussé des sandales plates ? Comme poussée par une force invisible, elle avait quitté la suite impériale pour arriver à l'embarcadère deux minutes après 10 heures...

Et voilà qu'à présent, elle était assise à côté de lui, dans un *vaporetto* qui quittait le Grand Canal pour traverser la lagune jusqu'à l'île du Lido. Une brise légère lui caressait le visage, faisant flotter ses cheveux. Comme c'était bon ! Elle se sentait légère... Comme si tous ses problèmes s'étaient envolés d'un seul coup.

Une fois arrivés au Lido, il ne leur fallut que quelques minutes à pied pour aller du débarcadère à la plage, qui se trouvait de l'autre côté de l'étroite langue de terre. Soudain, sous le regard extasié de Dulcie, l'Adriatique se dévoila, immense étendue bleue qui se confondait avec le ciel à l'horizon. Elle ôta ses sandales et s'élança pieds nus sur le sable doré. Heureusement qu'elle n'avait pas renoncé à cette sortie !

Son compagnon loua des cabines et un immense parasol, qu'il planta solidement dans le sable. Lorsqu'elle émergea de sa cabine après s'être changée, il avait étendu leurs serviettes à l'ombre et l'attendait. Seigneur ! Il ne la quittait pas des yeux et son regard turquoise était toujours aussi déstabilisant... S'efforçant de masquer son trouble, elle le rejoignit et enleva le chemisier qu'elle avait enfilé sur son deux-pièces, révélant un corps fin et élégant. Sans doute allait-elle avoir droit à des commentaires flatteurs, se dit-elle. Mais elle ne se laisserait pas prendre à ses manœuvres de séducteur.

— Où est votre crème solaire ? questionna-t-il d'un ton brusque.

— Pardon ?

— Avec une peau aussi pâle, vous devez absolument vous protéger.

— Je ne prends jamais de coups de soleil !

— Personne n'attrape de coups de soleil en Angleterre. Pour la bonne raison qu'il n'y a pas de soleil. En tout cas, pas ce que nous, les Vénitiens, nous appelons du soleil. Ici, il vous faut de la crème solaire. Venez, allons en acheter.

Eh bien, il était inutile de se prémunir contre d'éventuels compliments ! songea-t-elle avec une légère frustration, tandis qu'il l'entraînait vers une boutique d'accessoires de plage.

Il sélectionna un flacon de crème solaire offrant une « protection extrême » et un chapeau de paille à large bord. Elle voulut payer, mais il coupa court à la discussion en lui enfonçant le chapeau sur la tête. Ou plus exactement sur les yeux. Si bien qu'il dut la guider pour sortir de la boutique, puis jusqu'à leurs serviettes, la menaçant des pires représailles si elle faisait mine de le relever. Ce fut seulement une fois de retour sous le parasol qu'il lui permit de l'ôter, ainsi que son chemisier qu'il l'avait obligée à remettre pour se rendre à la boutique.

— A présent, badigeonnez-vous consciencieusement, intima-t-il. Partout.

— N'allez-vous pas m'aider ? minauda-t-elle.

Puisqu'il ne se décidait pas à lui faire des avances, il fallait l'y inciter...

— Tournez-vous, je me charge du dos et des épaules, répliqua-t-il d'un ton neutre.

Il joignit le geste à la parole sans chercher à profiter de la situation. Puis il attendit sagement qu'elle finisse d'enduire chaque parcelle de son corps, sans même lui proposer son aide pour le dos des jambes. Décontenancée, Dulcie choisit de se réjouir pour Jenny. La jeune fille avait de la chance. De toute évidence, il lui était fidèle.

Mais dans ce cas, que faisaient-ils ici ?

Peut-être avait-il simplement besoin de compagnie pour supporter l'absence de la femme qu'il aimait. Oui, Jenny avait beaucoup de chance...

— A présent, nous pouvons nous baigner, décréta-t-il. Quelques minutes seulement, au début. Vous devez vous habituer progressivement au soleil.

— J'ai l'impression d'être avec mon père !

— Vous alliez souvent à la plage avec lui ?

— Non, admit-elle avec un sourire désabusé. Il ne m'a jamais emmenée à la plage ni ailleurs. Il était bien trop occupé sur les champs de courses. Et à présent, il... il a d'autres préoccupations.

— Ne s'est-il jamais amusé avec vous ?

— Non.

C'était son frère, plus âgé et plus proche de lui, que son père emmenait partout où il allait. Jamais elle.

— Selon lui, je ne sais pas m'amuser, ajouta-t-elle.

— C'est insensé ! Comment votre père peut-il penser une chose pareille ?

L'air scandalisé de son compagnon la toucha plus qu'elle ne l'aurait voulu. Voilà qu'elle avait de nouveau le sentiment exaltant d'avoir rencontré la première personne au monde qui la comprenait vraiment !

— Eh bien, aujourd'hui, je vais vous gâter comme une petite fille, poursuivit-il. Nous allons nous baigner, jouer au ballon, manger des esquimaux... Tout ce que vous voulez !

— Formidable !

La prenant par la main, il l'entraîna en courant vers la mer. Dès qu'ils eurent les pieds dans l'eau, il se mit à danser comme un diable en l'éclaboussant. Avec un rire joyeux, elle l'aspergea à son tour. Comme il était beau ! Mince et souple, il avait un corps splendide. Son torse à peine ombré par une fine toison brune donnait envie de s'alanguir contre lui...

Après s'être baignés, ils marchèrent main dans la main sur la grève. Il insista pour qu'elle remette son chapeau. Pourtant, avec ce petit air vif si différent de celui de Venise, elle ne sentait pas vraiment la chaleur... Ils s'assirent sur des rochers, au creux desquels s'était formée une petite mare. Dulcie mit les pieds dans l'eau et respira à pleins poumons. Comment avait-elle pu envisager de renoncer à ce plaisir merveilleux ?

— Attention aux crabes, l'avertit son compagnon d'un ton désinvolte.

— Aaaah !

Elle leva précipitamment les pieds, au son d'un éclat de rire retentissant.

— Espèce de... ! s'écria-t-elle en le bourrant de coups de poing rageurs.

Il tenta de la repousser, mais son fou rire incontrôlable lui ôtait toute énergie. Au cours de la lutte, le chapeau de Dulcie s'envola et fut emporté vers le large.

Main dans la main, ils se rendirent au restaurant de la plage. Guido installa Dulcie à l'ombre sur la terrasse, puis il rentra à l'intérieur en jetant des regards furtifs autour de lui. Rassuré, il laissa échapper un soupir. Une seule personne ici le connaissait. Nico, le fils d'un jardinier du comte, qui travaillait là pendant les vacances scolaires. Guido s'avança vers lui avec un grand sourire et lui murmura quelques mots à l'oreille en vénitien. Des billets changèrent de main.

C'était la dernière fois, se promit-il en ressortant. D'ici à ce soir, il révélerait à Dulcie sa véritable identité, et ensuite, il abandonnerait pour toujours ses mauvaises habitudes. Plus de ruses, plus de feintes. Il ferait preuve de la même honnêteté qu'elle.

A cette pensée, il s'immobilisa, songeur. Serait-il en train de s'assagir ? Bientôt, il rêverait de pantoufles et de robe de chambre !

Mais qu'importait, si Dulcie était là ?

Il rejoignit la table avec une mine réjouie.

— Qu'y a-t-il de si amusant ? questionna Dulcie.

— Vous est-il déjà arrivé de vous apercevoir brusquement que votre regard sur le monde avait complètement changé ?

— Eh bien…, oui, en effet. Après une ou deux coupes de champagne.

— Pourquoi vous moquez-vous de moi ? se lamenta-t-il en mimant le désespoir. Ne comprenez-vous pas que je n'ai jamais été aussi lucide ?

Elle pouffa.

— De quoi parlez-vous ?

— Je ne sais pas. Tout ce que je sais…

— *Buon giorno, signore !*

Guido serra les dents. Nico aurait pu laisser à un autre serveur le soin de s'occuper d'eux… Mais il devait trouver la situation piquante. Une fois qu'il eut apporté leur commande, il darda sur le jeune homme un regard noir qui le fit déguerpir.

La nourriture était délicieuse et Dulcie y fit honneur.

Régulièrement, elle s'exhortait à retrouver un état d'esprit plus professionnel. Mais elle passait une journée si merveilleuse ! se disait-elle aussitôt. Ce serait vraiment un crime de ne pas savoir l'apprécier.

Son compagnon était aux petits soins pour elle. Il lui racontait des histoires drôles, remplissait son verre d'eau minérale avec autant de style que s'il versait un grand cru. Après le repas, il l'obligea à rester allongée pendant une heure à l'ombre avant de lui permettre de se baigner.

Ils restèrent un long moment à nager et à s'amuser dans l'eau comme des enfants. Tout à coup, il fit mine de se noyer. Agitant les bras en poussant de grands cris, il disparut sous l'eau. Amusée, Dulcie attendit qu'il soit presque remonté à la surface pour plonger à son tour. Excellente nageuse, elle resta un long moment sous l'eau avant de refaire surface juste derrière lui en criant :

— Je vous ai bien eu !

— Vous… vous… ! lâcha-t-il d'une voix étranglée en se tournant vers elle, le visage livide.

— Allons, ne faites pas cette tête ! Je n'ai fait que retourner contre vous la farce que vous vouliez me faire.

— Mais vous saviez que je faisais semblant ! Alors que moi, j'ai cru que… Ne me faites plus jamais une peur pareille !

Il s'avança vers elle d'un air menaçant.

En riant, elle regagna le rivage et se mit à courir à toutes jambes. Au bout de quelques mètres, il la rattrapa et lui saisit le bras.

— Aïe ! cria-t-elle, sentant une vive douleur au contact de ses doigts.

Il la lâcha aussitôt.

— *Basta* ! Ça suffit. Vous êtes restée trop longtemps au soleil.

Il avait sans doute raison, se dit-elle alors qu'un début de migraine s'annonçait.

— Désolée si je vous ai fait peur, s'excusa-t-elle.

— *Peur* ! Si vous saviez… Mais peu importe. Je remets ma vengeance à plus tard. Pour l'instant, vous devez regagner l'ombre de toute urgence.

Elle s'allongea sous le parasol, tandis qu'il allait lui chercher une boisson fraîche qu'elle but avec avidité. La migraine s'installait peu à peu, et quand il lui suggéra de prendre le chemin du retour, elle accepta docilement.

Il lui trouva une place à l'ombre sur le *vaporetto* et s'assit à côté d'elle. Soudain, elle tressaillit. Il lui murmurait quelque chose à l'oreille... Elle se redressa et s'aperçut que tout le monde débarquait. Allons, bon, elle s'était assoupie ! Malheureusement, elle ne se sentait pas mieux pour autant..., constata-t-elle en se levant. Jamais elle n'avait eu une migraine aussi épouvantable. Et ces frissons...

— Que vous arrive-t-il ? questionna son compagnon d'un air anxieux en la soutenant pour descendre sur le quai.

Elle parvint à esquisser un faible sourire.

— Juste une légère migraine.

— Vous êtes sûre ?

— Eh bien..., en fait j'ai très mal à la tête.

— Attendez-moi ici.

Il la fit asseoir sur un muret de pierre et disparut. Pourvu qu'il revienne vite ! se dit-elle. Sa tête semblait sur le point d'exploser...

Un moment après, elle entendit vaguement sa voix.

— J'ai trouvé un taxi. Venez.

Après l'avoir pratiquement portée jusqu'au bateau, il l'installa à l'arrière, puis s'assit près d'elle, lui passant un bras autour des épaules. Avec reconnaissance, elle se laissa aller contre lui. Quelle sensation étrange... Une douleur lancinante lui vrillait les tempes, et pourtant elle éprouvait un bien-être merveilleux. Elle aurait pu rester des heures ainsi, tout contre lui.

A un moment, elle l'entendit téléphoner sur son portable, mais rapidement, son esprit redevint brumeux.

Un peu plus tard, elle eut conscience que le bateau s'arrêtait. Sans la lâcher, son compagnon l'aidait à se lever, l'invitait à avancer... Les yeux mi-clos, elle se laissa conduire. Une fois qu'ils furent sur le quai, il la souleva de terre.

— Nous sommes presque arrivés, murmura-t-il. Ne vous inquiétez pas.

Trop faible pour protester, elle se laissa faire. Quel spectacle elle devait offrir, à demi inconsciente dans les bras de cet homme ! songea-t-elle confusément. Nul doute qu'elle allait faire sensation dans le hall du Vittorio... Tout à coup, une fraîcheur délicieuse l'enveloppa. Quel soulagement !

— Merci, murmura-t-elle. Que vont-ils penser de moi ?

— Qui ?

— Les gens de l'hôtel.

— Nous ne sommes pas à l'hôtel. Je vous ai amenée chez moi.

Avec effort, elle souleva les paupières. En effet, elle ne connaissait pas cet endroit. Au plafond, à la place des moulures de la suite impériale, il y avait des poutres apparentes. Et autour d'elle, ni meubles d'époque, ni lourdes tentures, ni dorures, mais un décor spartiate.

La portant toujours, son hôte se dirigea vers une porte qu'il poussa du pied. Les yeux mi-clos, elle s'attendait à ce qu'il l'allonge délicatement sur un lit ou un divan. Mais il la mit debout par terre. Une seconde plus tard, un puissant jet d'eau froide s'abattit sur elle.

Suffoquée, elle laissa échapper un cri et tenta de se débattre tandis qu'il la tenait toujours fermement.

— Je suis désolé ! cria-t-il pour couvrir le bruit de l'eau. Mais une bonne douche est le moyen le plus rapide de vous apaiser un peu. Penchez la tête en arrière et laissez l'eau couler sur votre visage et votre cou.

Docilement, elle s'exécuta. Il avait raison, cela faisait du bien. Au bout d'un moment, il ferma le robinet et ils restèrent face à face dans la cabine de douche, trempés et suffocants.

— Voici une serviette de bain, dit-il. Je vous laisse vous déshabiller seule.

Mais quand il desserra son étreinte, elle chancela et il dut la rattraper.

— Je vais être obligé de le faire pour vous, rectifia-t-il en la rattrapant.

Sans le moindre geste équivoque, il déboutonna sa robe et la laissa glisser à terre. Ne restaient plus que son slip et son soutien-gorge.

— Je vous les enlève également, prévint-il. Sinon vous risquez la pneumonie.

Quand elle fut entièrement nue, il l'essuya doucement avec la serviette, puis l'enveloppa dans un immense drap de bain et la fit asseoir sur un tabouret, dos contre le mur, pendant qu'il se débarrassait de sa chemise trempée.

— Il serait idiot de vous mouiller de nouveau, expliqua-t-il d'une voix bourrue en la soulevant dans ses bras.

Cette fois, il la conduisit dans la chambre et la mit au lit. Il ne la découvrit qu'au tout dernier instant, en détournant les yeux, puis remonta la couette jusque sous son menton.

— Ne vous faites aucun souci, murmura-t-il. C'est très calme ici. L'endroit idéal pour vous rétablir.

Tout à coup, une sonnerie retentit et il disparut. Il revint quelques instants plus tard, en compagnie d'une femme d'une quarantaine d'années.

— Voici le Dr Valletti, annonça-t-il. Je l'ai appelée depuis le *vaporetto*. Elle va vous examiner.

Sur ces mots, il quitta la pièce. Le Dr Valletti tâta le front de Dulcie en soupirant.

— Vous les Anglais, vous êtes incorrigibles ! Quand apprendrez-vous donc à vous méfier du soleil ?

— J'avais un chapeau mais il s'est envolé.

— C'est ce que j'ai cru comprendre. Avec ce teint pâle, vous devriez rester entièrement couverte en permanence.

Le médecin prit le pouls de Dulcie, l'ausculta et lui posa quelques questions avant de déclarer :

— Vous pouvez remercier votre ami de vous avoir mise sous la douche dès que possible. A présent, vingt-quatre heures de repos complet devraient suffire à vous faire retrouver vos forces. Ensuite, ménagez-vous encore pendant quelques jours. Vous pourrez sortir, mais pas trop longtemps, et surtout, entièrement couverte. Compris ?

— Oui, mais…

— Je vous laisse ces comprimés pour votre migraine. Faites exactement ce que Gui… votre ami vous dira. Je vais lui laisser des instructions. Il est très inquiet pour vous.

A travers le voile qui continuait de lui obscurcir l'esprit, Dulcie entendit seulement « votre ami » et « très inquiet ». Le médecin quitta la chambre. Quelques instants plus tard, son hôte entra dans la pièce, une tasse à la main.

— Du thé, annonça-t-il en posant la tasse sur la table de chevet. Pour prendre vos comprimés. Laissez-moi vous aider.

Avec précaution, il l'assit dans le lit, puis la soutint pendant qu'elle buvait à petites gorgées.

— A présent, rallongez-vous et essayez de dormir. Vous ne risquez pas d'avoir trop chaud, j'ai branché l'air conditionné. Je vais m'absenter un moment, mais vous pouvez être tranquille. Personne ne viendra vous ennuyer. Je vous le promets.

Il ferma les volets, puis quitta la pièce, la laissant dans une obscurité presque totale. Au bout de quelques minutes, elle sentit que les tenailles qui lui broyaient le crâne se desserraient peu à peu. Doucement, elle glissa dans le sommeil.

Lorsqu'elle se réveilla, sa tête était moins douloureuse, mais elle se sentait toujours aussi faible. Combien de temps avait-elle dormi ? Les volets ne permettaient pas de savoir s'il faisait encore jour dehors. « Personne ne viendra vous ennuyer. Je vous le promets. » Ces paroles résonnaient encore dans son esprit.

Comme c'était étrange... Cet homme dont elle avait pour mission de démasquer la bassesse se comportait comme un véritable chevalier. Pas une seule fois il n'avait tenté de profiter de la situation. Et tout au fond d'elle-même, malgré ce qu'elle savait de lui, elle lui faisait instinctivement confiance.

Elle s'assoupit de nouveau, se réveillant à plusieurs reprises, poursuivie par un rêve qui semblait ne pas vouloir la quitter, qu'elle soit endormie ou éveillée. Elle glissait lentement sur l'eau d'un canal avant de tomber brusquement, aspirée par le vide. Mais soudain, une main saisissait fermement la sienne, arrêtant sa chute. Puis elle glissait de nouveau sur l'eau, le cœur léger, tandis que de longs doigts souples et chauds s'entremêlaient aux siens.

5.

Lorsqu'elle finit par se réveiller pour de bon, sa migraine avait disparu. Elle alluma la lampe de chevet et vit sur le lit un peignoir de bain qui ne s'y trouvait pas quand elle s'était endormie. Quand son hôte l'avait-il déposé ? En tout cas, il avait pris soin de ne pas la déranger. Soudain, une chaleur intense se répandit dans tout son corps. Seigneur ! Elle n'en avait pas terminé avec ce coup de soleil ! A moins qu'elle ne soit troublée par l'idée que le maître des lieux l'avait peut-être contemplée pendant son sommeil ?

Elle enfila le peignoir et se leva. Allons bon ! Contrairement à son impression, elle était encore loin d'avoir recouvré ses forces...

Elle dut faire appel à toute son énergie pour marcher jusqu'à la fenêtre et ouvrir les volets. Il faisait nuit et seul le clair de lune éclairait l'étroit canal au pied de l'immeuble. Apparemment, l'appartement de son hôte était situé dans un quartier tranquille, loin du circuit des noctambules.

Quittant la fenêtre, elle ouvrit doucement la porte de la chambre, qui donnait directement dans le salon, lui aussi plongé dans la pénombre. Repérant la salle de bains, elle s'y glissa et referma la porte derrière elle avant d'allumer la lumière.

Elle vit tout d'abord sa robe et ses dessous, soigneusement suspendus au-dessus de la baignoire, puis dans le miroir, son reflet. Quelle catastrophe ! Ce rouge carmin lui donnait une tête épouvantable ! Quant à ses épaules… Ce que le contact du coton lui avait déjà appris se confirmait. Les pires dégâts se trouvaient bien là… Difficile de jouer les séductrices, à présent, songea-t-elle avec autodérision. Se transformer en homard ne faisait pas partie de son plan initial !

Elle s'aspergea le visage d'eau froide, puis s'appuya un moment au lavabo. Ses jambes étaient de plus en plus flageolantes. Mieux valait regagner le lit, décida-t-elle. Mais toute son énergie avait été employée à venir jusque-là et le trajet inverse lui faisait l'effet d'un véritable marathon.

En sortant de la salle de bains, elle distingua une forme allongée sur le canapé du salon. Celui-ci était bien trop petit pour son hôte, dont l'inconfort était manifeste, même sous le duvet qui le recouvrait à demi. Dulcie fut tout attendrie. Depuis combien de temps était-il couché là ? Il allait se réveiller plein de courbatures…

Mais mieux valait ne pas s'attarder. Ses jambes menaçaient de la lâcher d'un instant à l'autre. Elle se mit à avancer péniblement vers la chambre. Flûte! Ses dernières forces s'épuisaient bien plus vite qu'elle ne l'aurait cru ! Après quelques pas, elle fit une halte, cramponnée à une chaise, haletante et en sueur. Un peu plus loin devant elle, une autre chaise. Comment faire pour l'atteindre ? Se tenant toujours à la première, elle glissa un pied devant l'autre, centimètre par centimètre, puis lâchant tout, elle se lança en avant.

Mais elle avait mal apprécié la distance qui la séparait de la seconde chaise. Elle manqua celle-ci de quelques centimètres et se cogna violemment contre le canapé, faisant glisser son occupant à terre. Empêtré dans son duvet, ce dernier se réveilla en lâchant un juron.

— Je suis désolée, dit-elle d'une voix étranglée en se raccrochant au dossier.

Instantanément, il se leva.

— Appuyez-vous sur moi.

Reconnaissante, elle ne se fit pas prier.

— J'avais pourtant l'impression d'aller mieux.

— On ne se remet pas d'une insolation en quelques heures. Ça va prendre un jour ou deux. Où en est votre migraine ?

— Elle avait disparu, mais je sens qu'elle revient.

— Je vais vous aider à regagner votre lit, et ensuite je vous ferai du thé pour que vous puissiez prendre encore deux comprimés. Le médecin m'a donné des instructions très précises.

Une fois dans la chambre, il la fit asseoir dans un fauteuil le temps de défroisser les draps et de regonfler les oreillers.

— Allez, au lit ! lança-t-il quand il eut terminé.

Elle faillit enlever le peignoir, mais se retint à temps. Dessous, elle était entièrement nue...

— Vous trouverez des chemises dans la commode, dit-il avant de quitter la pièce.

Quand il revint avec le thé, elle s'était recouchée, vêtue d'une chemise blanche. Quel délice ! songea-t-elle en buvant sa tasse. Sa migraine était revenue, toujours aussi lancinante, mais si les comprimés se révélaient aussi efficaces que la première fois, elle ne tarderait pas à s'estomper.

— N'hésitez pas à m'appeler si vous avez besoin de moi, dit-il après lui avoir repris la tasse.

— Vous feriez un infirmier fantastique, murmura-t-elle en fermant les yeux avec volupté.

Après plusieurs heures d'un sommeil profond, elle se réveilla en bien meilleure forme. La matinée était splendide !

constata-t-elle après avoir enfilé le peignoir et ouvert les volets. Elle aspira une grande bouffée d'air. Ses jambes avaient toujours un peu de mal à la porter, mais sa migraine n'était plus qu'un mauvais souvenir.

Elle ouvrit la porte et risqua un œil dans le salon. Personne.

Découvrant la pièce pour la première fois à la lumière du jour, elle promena son regard autour d'elle. C'était un salon de taille modeste, meublé et décoré avec autant de sobriété que la chambre, à l'exception des masques de carnaval qui recouvraient les murs. Certains étaient d'une simplicité extrême, d'autres beaucoup plus sophistiqués. Tous étaient splendides et donnaient à la pièce un air de fête. Dulcie les examina avec intérêt.

En passant devant le canapé, elle ne put s'empêcher d'éprouver du remords. A cause d'elle, son hôte avait dû passer une très mauvaise nuit...

Il n'y avait pas d'autre pièce à part une petite cuisine, constata-t-elle. En tout cas, à en juger par la taille de l'appartement et la parcimonie avec laquelle il était meublé, l'homme qui y habitait ne roulait pas sur l'or. Ce qui tendrait à confirmer les soupçons de Roscoe...

Elle gagna la salle de bains pour inspecter sa robe. Impossible de la porter en l'état ! En revanche, sa peau était légèrement moins rouge. Très légèrement...

Entendant la porte d'entrée s'ouvrir, elle regagna le salon. Federico venait de franchir le seuil, chargé de sacs à provisions. Elle se précipita juste à temps pour en rattraper deux qui lui glissaient des mains.

— Posez-les dans la cuisine, dit-il. Je m'occupe du reste. Vous semblez plus vaillante, ce matin.

— Je me sens mieux, en effet.

Il eut un sourire taquin.

— En tout cas, vous avez de belles couleurs.

— Ne vous moquez pas de moi !

— Je suis très sérieux. Vous êtes… rayonnante ! insista-t-il, les yeux pétillant de malice. Si ça ne vous dérange pas, je vais m'asseoir cinq minutes. Faire les courses est un vrai sport !

— Voulez-vous que je vous prépare un café ?

— Non, merci, répliqua-t-il avec un peu trop de précipitation.

— Pourquoi pas ?

— Parce que vous êtes anglaise.

— Vous insinuez que seuls les Italiens savent faire le café ? Quel chauvinisme !

Un sourire satisfait aux lèvres, il se releva.

— C'est moi qui vais m'occuper du café. Ensuite, je vous préparerai un repas léger. De la soupe pour commencer, et puis…

Il refusa d'en dire plus et lui interdit de l'aider à ranger les provisions. Elle se contenta donc de le regarder, impressionnée. Il y avait de quoi nourrir une armée !

— J'ai examiné ma robe, dit-elle.

— J'ai l'impression qu'elle est en piteux état. Je suis désolé. J'aurais dû vous l'enlever avant de vous mettre sous la douche.

— Ce n'est rien. Simplement, je m'imagine mal retourner au Vittorio dans cette tenue.

— Allez voir les sacs qui sont restés dans le salon.

Intriguée, elle s'exécuta et resta bouche bée en découvrant leur contenu.

— J'ai pensé que vous auriez besoin de vêtements de rechange, lança-t-il depuis le seuil de la cuisine. Ce ne sont que des articles très ordinaires, que j'ai trouvés au marché. Rien à voir avec vos tenues habituelles.

Au comble de l'embarras, Dulcie déglutit péniblement. En fait, c'était exactement le genre de vêtements qu'elle portait d'ordinaire, quand elle ne jouait pas les séductrices par obligation professionnelle... Un jean blanc et deux T-shirts dans des tons pastel. Et il avait pris la bonne taille !

Elle regarda dans un autre sac et faillit s'étrangler.

— Vous avez eu le toupet de m'acheter... ?

— Des dessous, oui, coupa-t-il, toujours sur le seuil de la cuisine, visiblement sur la défensive. Vous en avez besoin aussi. Excusez-moi, le café est en train de passer.

Il disparut dans la cuisine, dont il referma la porte derrière lui, la laissant examiner le soutien-gorge et la culotte qu'il avait choisis pour elle. C'étaient des dessous en dentelle, raffinés et sexy, faits pour être montrés. Le genre de lingerie fine qu'une femme choisissait quand elle prévoyait de se déshabiller devant un homme. Ou qu'un homme choisissait quand il avait envie de voir se déshabiller la femme à qui il les destinait...

Dulcie prit une profonde inspiration. Il fallait à tout prix chasser ce genre de pensées de son esprit ! En tout cas, son hôte avait battu en retraite derrière une porte close. Comme s'il était timide autant qu'effronté...

Dans un troisième sac, elle trouva une chemise de nuit. Contrairement aux dessous, celle-ci n'avait rien d'affriolant. En coton grège, elle lui tombait aux chevilles et son encolure ras du cou se boutonnait jusqu'en haut. Dulcie s'assit un instant, la chemise de nuit dans une main, les dessous dans l'autre. Décidément, Federico était un curieux personnage... Il ne correspondait en rien au séducteur type qu'elle était chargée de démasquer.

La porte de la cuisine se rouvrit, et un œil apparut dans l'entrebâillement. Le regard de son compagnon était inquiet.

Elle pouffa.

— Oh, allez ! Inutile de faire le pitre !

L'autre œil apparut.

— Le café est prêt. Suis-je pardonné ?

— Il faut que je réfléchisse, répondit-elle en le rejoignant dans la cuisine. C'est tout de même très impertinent de votre part de m'avoir acheté des dessous en dentelle.

— Ah bon ? Moi je les trouve parfaits, répliqua-t-il avec un sourire espiègle.

— Et il est encore plus impertinent de m'avoir acheté une chemise de nuit que ma grand-mère porterait sans complexe.

Le sourire espiègle disparut.

— Je l'ai fait exprès. Tant que vous êtes malade, il vaut mieux que...

Il hésita.

— Que vous ressembliez à une grand-mère. Enfin, pas exactement. Vous ne pourrez jamais ressembler à une grand-mère, mais... au moins, vous vous sentirez plus en sécurité.

Il se passa nerveusement une main dans les cheveux.

— Je ne m'exprime pas très clairement, mais... peut-être que vous comprenez...

— Oui, acquiesça-t-elle, touchée. Je comprends. Et je vous suis très reconnaissante de veiller sur moi ainsi.

— C'est tout naturel. Vous êtes enfermée ici toute seule, affaiblie par la maladie, à la merci d'un dangereux Casanova...

— Peut-être n'est-il pas si dangereux ?

— Si. Absolument. Et vous devez porter des vêtements très sages pour l'empêcher de laisser libre cours à ses mauvaises pensées... Il risquerait de se rappeler à quoi vous

78

ressemblez quand vous ne portez pas… Je vais préparer la soupe, conclut-il précipitamment.

Dulcie dut se mordre la lèvre pour ne pas éclater de rire. Ses mines de gamin confus ne la trompaient pas, mais il fallait reconnaître que c'était une façon habile de lui faire un compliment tout en restant léger.

Quand elle eut retrouvé son sérieux, elle le rejoignit dans la cuisine.

— De toute façon, je ne vais pas rester ici. Quand nous aurons mangé, je retournerai à l'hôtel.

— Pas question. Vous n'êtes pas encore assez solide, et de toute façon, le médecin doit repasser vous voir aujourd'hui. Pour l'instant vous vous sentez bien, mais ça ne va pas durer.

En effet, ses forces commençaient déjà à faiblir, constata-t-elle. Elle mangea la soupe avec appétit, ainsi que le riz aux légumes, cuit à la perfection, qu'il lui servit ensuite. Quelques heures supplémentaires de repos finiraient de la remettre sur pied, se dit-elle en regagnant le lit, qu'elle trouva entièrement refait avec des draps propres. Elle enfila sa chemise de nuit de « grand-mère », et se glissa de nouveau sous le duvet avec félicité.

Quand elle se réveilla, le Dr Valletti entrait dans la chambre.

— Vous allez un peu mieux, confirma-t-elle après l'avoir examinée. Il faut cependant que vous vous reposiez encore aujourd'hui. Demain vous pourrez sortir, mais seulement pendant de courtes périodes, et surtout, vous devrez rester couverte au soleil.

— Je vous assure que je suis en état de retourner à l'hôtel, dit-elle à son compagnon après le départ du médecin.

Il était tout de même gênant de continuer à abuser de son hospitalité, songea-t-elle avec un sentiment de culpabilité.

— Non. Ici, je peux m'occuper de vous. A l'hôtel, qui va se soucier de votre état de santé ? Par ailleurs, je n'ai aucune confiance en vous.

— Pardon ?

— Si je ne suis pas là pour vous surveiller, vous allez faire des bêtises.

— Très bien. Je capitule pour aujourd'hui. Je partirai demain.

— Vous partirez quand je vous le dirai.

— A vos ordres, mon commandant ! Pour l'instant, ai-je le droit de me lever et de prendre une douche ?

Pendant qu'il préparait le dîner, elle se doucha et mit la culotte et le soutien-gorge en dentelle. Puis sur le jean blanc, elle enfila le T-shirt jaune pâle. Quel plaisir ! Cette tenue à la fois simple et élégante lui convenait tellement mieux que les ensembles sophistiqués pendus dans sa garde-robe à l'hôtel !

— Que préparez-vous ? demanda-t-elle en regagnant la cuisine.

— Pour commencer, risotto aux champignons.

Il s'arrêta de hacher le persil et recula d'un pas pour la contempler.

— *Bene* ! Ravissant !

— Vous trouvez ?

— Oui, j'ai choisi la bonne taille. J'avais des inquiétudes à ce sujet. Pouvez-vous me passer cet oignon ?

Elle le lui lança.

Selon ses instructions, elle mit deux couverts sur la petite table située devant la fenêtre ouverte. Le soir était tombé et une lumière douce, bleutée, baignait l'entrelacs

80

de canaux et de ruelles qui s'étendait sous ses yeux. Les lumières de la ville s'allumaient progressivement et dans le lointain, l'écho du chant des gondoliers sonnait comme une musique mélancolique.

Son hôte ouvrit une bouteille de *prosecco*, un vin blanc pétillant.

— Il est très léger, expliqua-t-il. Votre estomac n'a rien à craindre.

Ils trinquèrent.

— D'ailleurs, tout ce que j'ai prévu au menu est léger, poursuivit-il. Après le risotto, j'ai prévu une omelette aux crevettes. Et comme dessert… de la crème frite.

— De la crème frite… ?

— Oui. Vous verrez. Je la confectionnerai devant vous.

Et en effet, le moment venu, il mélangea de la farine, des œufs et du lait en une crème épaisse, qu'il mit à frire pendant quelques minutes. Et qui se révéla délicieuse.

Après le repas, elle essuya la vaisselle au fur et à mesure qu'il la lavait. C'était curieux, il semblait mal à l'aise, tout à coup…

— Quelque chose ne va pas ? questionna-t-elle.

— Eh bien… Dulcie, est-ce que ça vous dérangerait si… quand nous aurons terminé la vaisselle… Seulement si vous en avez envie, bien sûr…

Le cœur de Dulcie se serra. Le moment était venu. Il allait lui faire des avances, et l'image merveilleuse qu'elle avait de lui serait détruite à jamais… Pourtant, elle devrait se réjouir. Après tout, n'était-ce pas dans cet objectif qu'elle était venue à Venise ?

— De quoi parlez-vous ? demanda-t-elle, pleine d'appréhension.

Il prit une profonde inspiration, tel un nageur s'apprêtant à plonger dans le grand bain.

— Il y a un match de football très important à la télévision ce soir…

— *Un match de football ?*

— La Juventus contre la Lazio en championnat d'Italie. Ça ne vous ennuie pas si je regarde ?

— Non, répondit-elle, sidérée. Pas du tout.

Ils passèrent le reste de la soirée assis côte à côte sur le canapé, main dans la main, jusqu'à ce qu'il décrète qu'il était temps qu'elle aille au lit. Mais il dut le répéter deux fois car elle s'était endormie contre son épaule.

Le lendemain matin, elle dormit tard, et à son réveil, elle sut immédiatement qu'elle était guérie. Dans la salle de bains, elle constata avec ravissement que ses coups de soleil s'étaient estompés. Le rouge carmin avait fait place à un léger hâle qui mettait en valeur ses cheveux blonds et ses yeux verts. Et qui gagnait encore en éclat avec le T-shirt bleu pastel…

— Qui a gagné le match ? demanda-t-elle en entrant dans la cuisine.

— La Lazio. Vous avez une mine superbe. Comment vous sentez-vous ?

Après une hésitation, elle répondit :

— Mieux qu'hier, mais toujours un peu faible.

— Alors il faut encore rester prudente aujourd'hui. Petit déjeuner léger, et ensuite une courte promenade.

Aussitôt, Dulcie fut envahie par le remords. Que lui avait-il pris ? Pourquoi lui avoir menti sur son état ?

Tandis qu'ils dégustaient des petits pains avec leur café, il déclara :

— Je dois faire des courses, ce matin. C'est une excellente occasion pour nous promener.

— J'ai déjà épuisé toutes vos provisions ?

— Vous n'avez presque rien touché !

Elle était sur le point de mentionner les vêtements qu'il lui avait achetés, mais elle se ravisa. De toute évidence, il était très susceptible en ce qui concernait l'argent.

Prise d'une inspiration subite, elle suggéra :

— Et si c'était moi qui cuisinais pour vous, aujourd'hui ?

Il lui jeta un regard narquois.

— Madame la Comtesse sait cuisiner ?

— Madame la Comtesse a passé beaucoup de temps en compagnie de la cuisinière quand elle était enfant, parce que c'était la personne la plus intéressante du domaine, répliqua Dulcie avec sincérité. Et la plus gentille. Elle est devenue ma seconde mère après la mort de la mienne. Et elle m'a transmis tout son savoir.

— Et vous avez l'intention de me préparer une spécialité anglaise ? questionna-t-il en feignant la terreur.

Puis il éclata de rire devant le regard noir qu'elle lui lança.

Il l'emmena au marché situé près du pont du Rialto. Des éventaires regorgeant de nourriture s'étendaient à perte de vue. Il lui signala les meilleurs marchands de fruits et légumes, de viande et de poisson, puis il disparut. Pourquoi agissait-il de la sorte ? se demanda-t-elle. Il était de plus en plus distant avec elle... Mais au moins, son absence lui permettait de payer les courses sans le contrarier.

Au moment où elle s'y attendait le moins, il réapparut et lui prit les sacs des mains, refusant catégoriquement de lui en laisser porter un seul.

— J'ai l'impression que nous ne prenons pas le même chemin qu'à l'aller, dit-elle au bout d'un moment.

— Vous avez raison. Nous allons faire un détour par la place Saint-Marc. Vous ne l'avez pas encore vue.

Sur la place, il l'entraîna vers l'une des innombrables terrasses, où ils s'installèrent pour boire un café en écoutant un quatuor à cordes qui jouait pour les touristes. Dulcie émietta un petit gâteau pour les pigeons qui se pressaient autour des tables. Le soleil n'avait pas encore atteint son zénith et la chaleur était douce. Quel délice ! songea-t-elle en s'enfonçant dans son fauteuil, les yeux clos. Venise était décidément une ville magique…

Quand elle rouvrit les yeux, son cœur fit un bond dans sa poitrine. Avant qu'il ait eu le temps de se reprendre, elle avait surpris le regard dont l'enveloppait son compagnon. Seigneur ! On n'y lisait pas seulement de l'amour. Il y avait dans ses yeux une véritable adoration. Etaient-ce bien les mêmes yeux qu'elle avait vus si souvent pétiller de malice ?

Un bruit dérangea les pigeons, qui s'envolèrent par centaines en battant furieusement des ailes. Le ciel en fut obscurci et Dulcie ressentit un léger vertige. Mais était-ce à cause des pigeons ou de ce regard posé sur elle ?

Son compagnon se leva, ramassa les sacs et annonça qu'il était temps de partir. Malgré ses protestations, elle parvint à lui prendre un sac et ils s'en allèrent en suivant les quais un moment avant de s'enfoncer dans la ville, par des ruelles si étroites qu'elle fut obligée de marcher derrière lui. Pas un seul instant, il ne lâcha sa main.

Dulcie avançait comme dans un rêve. Elle ne parvenait pas à chasser de son esprit ce regard fervent. Oh, il fallait à tout prix effacer cette image de sa mémoire !

— Qu'y a-t-il ? dit-il en se retournant vers elle. Vous traînez. Etes-vous fatiguée ?

— Non, ça va.

— J'aurais dû écourter cette promenade.

Il passa un bras autour de ses épaules. Le sourire qu'il lui adressa était plein de tendresse amicale. Alors pourquoi ne pouvait-elle s'empêcher d'y déceler autre chose ? Grisée par la chaleur de ses doigts entremêlés aux siens, elle se laissa guider à travers les ruelles transpercées çà et là d'un rayon de soleil.

6.

Une fois de retour à l'appartement, il lui ordonna de se reposer dans le salon pendant qu'il déballait les courses et préparait le déjeuner.

En fin d'après-midi, elle se mit aux fourneaux et il insista pour jouer les marmitons. En dépit de ses bonnes résolutions, elle ne put s'empêcher de l'observer à la dérobée à plusieurs reprises dans l'espoir de surprendre de nouveau ce regard brûlant qui l'avait tant bouleversée. Mais non. Il était d'humeur taquine et seule la malice faisait briller ses yeux. Peut-être lui jetait-il de temps à autre lui aussi des regards furtifs ?

A table, il s'extasia sur tous les plats. Bien sûr, il y goûta d'abord avec une prudence feinte, sans pouvoir s'empêcher de réitérer certaines de ses plaisanteries sur la cuisine anglaise. Mais il termina son assiette avec une délectation manifeste avant de demander à être resservi.

Après le dîner, il installa Dulcie sur le canapé avec un verre de *prosecco* et regagna la cuisine pour préparer le café. Lorsqu'il la rejoignit, elle admirait les masques accrochés au mur.

— Ah, vous regardez mes *zanni*, dit-il en déposant les tasses sur la table basse.

— Vos *zanni* ?

86

— Ce sont des bouffons. La plupart des masques qui sont ici représentent des bouffons. Arlequin, Colombine, Pierrot. Mais il y en a d'autres également. Les masques ont toujours joué un rôle important à Venise, et ce, depuis le XIIIᵉ siècle. Ils permettaient aux aristocrates de s'encanailler en gardant l'anonymat. Parfois sous les mêmes masques se cachaient des dames de la haute société et des « femmes de mauvaise vie ». Certains couples tombaient follement amoureux…, puis se rendaient compte en enlevant leurs masques qu'ils étaient mariés depuis des années.

— Ce n'est pas très convenable ! commenta-t-elle d'un air faussement indigné.

— La bienséance était en effet souvent mise à mal et c'est pourquoi, à plusieurs reprises au cours de l'histoire de Venise, les masques ont été interdits. Cependant, ils ont toujours fini par s'imposer de nouveau. Sans doute est-ce lié au caractère vénitien.

— Que voulez-vous dire ?

Il indiqua le canal, sous la fenêtre.

— Les fondations de notre ville sont fluctuantes. Depuis des siècles, c'est au prix de travaux incessants que nous parvenons à l'empêcher de sombrer dans la lagune. Cette situation unique au monde exige de nous une grande faculté d'adaptation. Or, le meilleur moyen de s'adapter aux circonstances est d'avoir toujours sous la main plusieurs masques.

— Plusieurs ?

— Un seul ne suffit pas. Au fil des siècles, les Vénitiens ont été tour à tour conquérants et conquis, maîtres et esclaves. Ils ont pris l'habitude de jongler avec ces différents rôles. Regardez d'un peu plus près.

Dulcie s'approcha du mur. La diversité des expressions représentées sur ces morceaux de carton était impressionnante…

— Il y en a tellement. C'est incroyable !

— Ils expriment toute la palette des sentiments humains.

— On ne peut donc jamais vraiment connaître la personne qui se trouve en face de soi ?

— Si. Parce que tôt ou tard, chacun finit par mettre le masque qui révèle la vérité.

— Quelle vérité ? La vérité n'est-elle pas elle-même en évolution constante ?

Il lui jeta un regard aigu.

— Vous avez raison. Tout ce que je peux vous dire c'est que quand leur visage est dissimulé, les gens sont libres de devenir eux-mêmes.

— Mais comme ils changent également, devenir soi-même revient souvent à devenir un autre.

— Bien sûr, acquiesça-t-il avec un sourire ravi. Les gens changent en permanence. Etes-vous toujours la même que l'année dernière ? Ou même que la semaine dernière, avant votre départ pour Venise ?

Dulcie eut un pincement au cœur.

— Non…

Il prit un masque au nez très allongé et le mit devant son visage.

— Pantalon, le marchand riche et avare.

Il prit un autre masque, au nez crochu.

— Pulcinella. Sa balourdise est parfois réelle, parfois feinte.

Il le remplaça par un troisième, joufflu.

— Le Docteur. Pédant et ridicule.

88

Le suivant, noir, aux paupières étroites, ressemblait étrangement à son propre visage.

— Arlequin. Son nom vient de Hellecchino, qui signifie « petit diable ». Spirituel et malicieux, bien que parfois crédule, c'est un spécialiste des pirouettes. Il finit toujours par retomber sur ses pieds, même si ses erreurs le conduisent systématiquement au bord du désastre. Son costume bariolé est constitué de vieilles nippes que ses amis compatissants lui ont données et qu'il a cousues ensemble.

— Et il vous ressemble.

— Qu'est-ce qui vous fait dire ça ? demanda-t-il vivement.

— Vous en dites plus sur lui que sur les autres.

— Exact. Oui, je lui ressemble sans doute un peu. Je n'en avais jamais pris conscience. Mais c'est justement ce que je voulais démontrer. Le même homme peut être Arlequin aujourd'hui et Pantalon demain.

— Vous, un marchand riche et avare ? s'exclama-t-elle en riant.

— Eh bien, marchand en tout cas.

L'air songeur, il ajouta comme pour lui-même :

— Avec une pipe et des pantoufles.

Devant la mine perplexe de Dulcie, il se hâta de changer de sujet.

— Si vous saviez comme je suis heureux de vous voir rire ! Ça ne vous arrive pas assez souvent.

— Pourtant, avec vous je ris beaucoup.

— Mais pas le reste du temps. Je me demande pourquoi.

— Vous ne savez pas comment je suis le reste du temps.

— Je pense que si. Quelque chose me dit que vous êtes beaucoup trop sérieuse.

Il lui effleura le bras.

— Vous avez attrapé des coups de soleil parce que vous n'avez pas l'habitude de vous exposer. Ce n'est pas vrai uniquement de votre corps. Votre esprit non plus n'a pas l'habitude du soleil.

Elle était sur le point de rétorquer que c'était absurde quand elle fut frappée par la pertinence de cette réflexion.

Son compagnon comprit à son expression qu'il ne s'était pas trompé.

— Pourquoi êtes-vous si sérieuse ? questionna-t-il. Ce n'est pas seulement à cause de l'homme qui vous a trahie.

— Non, sans doute...

Une foule de souvenirs affluèrent dans son esprit. Elle s'efforça d'y faire le tri. A quel âge avait-elle eu pour la première fois le sentiment que sa famille vivait sur le fil du rasoir ? Quand avait-elle commencé à s'occuper des comptes de son père ? Il n'avait jamais été capable de les tenir correctement. Sans doute parce qu'il avait peur d'affronter la réalité...

En tout cas, elle avait quinze ans le jour où elle s'était écriée :

— Papa, tu ne peux plus continuer ainsi ! Tu es déjà beaucoup trop endetté !

— Alors un peu plus ou un peu moins, ça ne fait pas grande différence, n'est-ce pas ? Allons, ma chérie. Ne fais pas cette tête.

Son père était un charmeur. Mais un charmeur égoïste qui lui avait appris la peur dès son plus jeune âge sans même en avoir conscience. Elle avait tenté de se préserver de l'angoisse en travaillant dur à l'école afin de s'assurer une brillante carrière. Mais elle avait fini par rater tous ses examens parce que après une période de malchance au jeu son père avait décidé qu'un séjour à l'étranger leur serait salutaire. Lorsqu'ils étaient rentrés, un an plus tard, elle n'avait plus les moyens de reprendre ses études. Alors elle avait trouvé un travail qui lui permettait de vivre de ses facultés intellectuelles. Parce que c'était tout ce qui lui restait.

Mais ce n'était pas le genre de vérité qu'elle pouvait se permettre de révéler à son hôte...

— Vous avez raison, approuva-t-elle d'un ton désinvolte. Je suis trop sérieuse.

— Dans ce cas, il est temps de changer de masque. Vous devriez peut-être essayer Colombine. Elle est très joyeuse et sait apprécier les plaisirs de la vie.

— Laquelle est-ce ?

Il décrocha un masque argenté, orné de paillettes et de minuscules plumes de couleur, qu'il lui noua délicatement derrière la tête.

— Qu'en pensez-vous ? demanda-t-elle en se regardant dans le miroir.

A sa grande surprise, il secoua la tête.

— Non, ça ne va pas.

— Pourquoi ? Il me plaît. Dois-je en essayer un autre ?

— Non. En fait, je ne pense pas que les masques soient faits pour vous. En tout cas, pas celui-ci. Colombine est intelligente, vive, charmante, mais c'est également une dissimulatrice. Rien à voir avec vous. Regardez les paillettes. Selon les mouvements du masque, elles ont des reflets changeants. C'est Colombine, mais ce n'est pas vous.

Embarrassée, Dulcie baissa les yeux. S'il savait...

La sonnerie du téléphone retentit.

Il fallut un moment à la jeune femme pour comprendre que c'était celle de son portable. Elle croyait pourtant l'avoir éteint ! Frénétiquement, elle se jeta sur son sac.

— Pourquoi ne m'avez-vous pas appelé ? tonna la voix impérieuse de Roscoe.

— Je n'ai pas eu le temps, répondit-elle à voix basse. Et en ce moment, je ne peux pas vous parler non plus.

— Pourquoi ? Vous êtes avec lui ?

— Oui.

— Tout se passe bien ?

— Oui. Très bien. Je vous rappellerai plus tard. Au revoir.

Elle raccrocha et prit soin de se mettre sur messagerie. Son cœur cognait à grands coups dans sa poitrine. Cet appel venait de faire éclater la bulle enchantée dans laquelle elle avait vécu ces derniers jours. Elle aurait tout donné pour l'éviter ! Mais c'était trop tard.

— Tout va bien ? demanda-t-il.

— Bien sûr, répondit-elle d'un air qu'elle espérait dégagé.

Si seulement c'était vrai !

Prenant soudain conscience qu'elle portait toujours le masque de Colombine, elle se hâta de le retirer.

— Etes-vous vraiment obligée de partir si vite ? Restez encore une journée, insista-t-il le lendemain matin.

— Non. Je ne peux pas abuser de votre hospitalité plus longtemps. Vous avez déjà perdu plusieurs jours de travail à cause de moi.

Il eut un moment d'hésitation, puis se lança.

— En réalité, je ne suis pas gondolier. J'ai un aveu à vous faire.

Le sang de Dulcie se glaça. Il allait lui débiter le même mensonge qu'à Jenny... Alors seulement, elle se rendit compte à quel point elle avait espéré qu'avec elle il s'en tiendrait à la vérité.

— Dulcie…

— Pas maintenant, coupa-t-elle vivement. Il faut que je rentre. J'ai une foule de choses à faire.

Seigneur ! Ce qu'elle disait n'avait aucun sens ! Mais il fallait à tout prix l'empêcher de parler !

— Vous avez raison, approuva-t-il. Ce n'est pas le moment. Accepterez-vous de me voir ce soir ?

— D'accord.

Il descendit jusqu'au canal avec elle et héla un bateau-taxi. Elle y monta le cœur lourd. Quoi qu'il arrive ce soir, la parenthèse enchantée de ces quelques jours passés chez lui venait de se fermer et ne se rouvrirait plus…

Quand elle pénétra dans la suite impériale, le téléphone sonnait.

— On peut dire que vous êtes difficile à joindre ! grommela Roscoe.

— Je suis désolée, monsieur Harrison. J'ai été très occupée.

— Avec ce Fede ?

— Oui.

— Vous a-t-il raconté sa fable à propos des Calvani ?

— Pas exactement…

— Ah ! Ah ! Vous voulez dire qu'il prépare le terrain ? Parfait. A présent, il faut identifier le véritable Calvani. Trouvez-le. Voyez de quoi il a l'air et rappelez-moi.

Il raccrocha.

Dulcie darda un regard noir sur le téléphone muet.

— Et comment suis-je censée entrer en contact avec lui ? lança-t-elle d'un ton hargneux.

Mais soudain, du fond de sa mémoire, lui revint une voix familière.

— Un si bel homme, ma chère ! Nous étions toutes follement amoureuses de lui, et il nous aimait toutes.

Lady Harriet Maddox, la sœur de son grand-père, une beauté éblouissante à son époque. Elle avait écumé l'Europe en collectionnant les flirts, laissant derrière elle dans la haute société un sillage de cœurs brisés, avant d'épouser un roturier au compte en banque bien garni, qu'elle parvint à dilapider au jeu.

Elle était toujours assez discrète sur son passé mouvementé, mais il y avait un homme dont le souvenir allumait une flamme dans ses yeux mauves... Si seulement elle pouvait se rappeler son nom ! Harriet avait beaucoup voyagé en Italie et elle avait probablement rencontré le comte de Calvani parmi beaucoup d'autres, mais était-ce lui qu'elle appelait le « Casanova du XXe siècle » ? C'était bien possible après tout. Il n'y avait qu'un moyen de le savoir. Aller vérifier sur place.

Il lui fallut deux heures pour se préparer, mais elle quitta l'hôtel satisfaite du résultat. D'une élégance extrême mais sans ostentation, elle avait tout de *lady* Dulcie.

Un bateau-taxi la conduisit au Palazzo Calvani, où un maître d'hôtel vint à sa rencontre sur le débarcadère.

— Le comte de Calvani est-il chez lui ?

— Il faudrait que je m'en assure. Puis-je avoir votre nom ?

Mue par une impulsion, elle déclara :

— Dites-lui que lady Harriet Maddox souhaite le voir.

Après s'être incliné, le maître d'hôtel se retira.

Suis-je devenue complètement folle ? se demanda la jeune femme. Pourquoi avoir dit une chose pareille ?

— *Carissima* !

Pivotant sur elle-même, elle se retrouva face à un homme d'une beauté saisissante malgré ses rides et ses cheveux blancs.

Quand il la vit, son sourire se figea.

— Excusez-moi, s'empressa-t-elle de dire en s'avançant vers lui, la main tendue. Je vous ai donné le nom de ma grand-tante dans l'espoir que vous vous en souviendriez aussi bien qu'elle se souvenait de vous.

— *Bellissima Harriet* ! dit-il en s'inclinant pour lui baiser la main. Comment pourrais-je l'oublier ! C'est charmant à vous de me rendre visite.

Laissant tomber les cérémonies, il l'embrassa sur les deux joues et plongea un regard chaleureux dans le sien. Sans doute avait-il dépassé les soixante-dix ans, mais son charme était d'une efficacité redoutable ! songea Dulcie. Toutefois, il était impossible de détecter la moindre ressemblance avec l'homme qui l'avait hébergée les jours précédents.

— Puisque vous n'êtes pas lady Harriet, quel est votre nom ?

— Lady Dulcie Maddox.

Le comte lui offrit son bras pour la guider jusqu'à la terrasse, où il l'invita à s'asseoir avec une galanterie désuète.

— Je suis un vieil homme, déclara-t-il d'un air humble après avoir demandé qu'on leur serve une collation. Il est de plus en plus rare pour moi d'avoir le plaisir de goûter la compagnie d'une jeune femme aussi belle. J'espère que vous me pardonnerez d'en profiter au maximum ?

Quel comédien ! songea-t-elle, amusée par son sourire enjôleur. S'il était bel et bien le « Casanova du XXe siècle », ce surnom lui allait à merveille...

Quand un domestique eut apporté du café et des gâteaux, le comte exigea de tout savoir sur sa famille.

— Cette chère Harriet me parlait souvent de Maddox Court où elle a grandi, se rappela-t-il. Et de son frère William...

— Mon grand-père.

— Toujours de ce monde, j'espère ?

— Non. Il est mort il y a quinze ans.

— Alors c'est votre père qui est comte, aujourd'hui ?

— Oui, en effet. Mais à votre tour de me parler de votre famille.

— Hélas ! s'exclama-t-il avec un soupir théâtral. Je suis un célibataire endurci, sans femme ni enfants pour adoucir mes vieux jours.

— Vous vivez tout seul dans cette immense demeure ?

— Un de mes neveux habite ici. C'est lui qui héritera du titre. C'est un bon garçon, même s'il me cause parfois du souci. Mes deux autres neveux ne vivent pas à Venise, mais ils sont justement ici en visite en ce moment. Je serais ravi si vous acceptiez de dîner avec nous ce soir.

— Avec plaisir.

— Bien entendu, vous pouvez amener la personne qui vous accompagne à Venise. Votre mari, peut-être ?

— Je n'ai pas de mari et je suis venue seule.

— Vous avez eu raison, approuva-t-il aussitôt. C'est ici que vous trouverez l'âme sœur. Les Vénitiens font les meilleurs maris du monde.

— Comment le savez-vous si vous n'avez jamais essayé d'en devenir un ? plaisanta-t-elle.

Il rit de bon cœur.

— *Bravissima* ! Une femme d'esprit ! Je suis encore plus impatient de vous revoir ce soir. Mon bateau viendra vous prendre à votre hôtel à 20 heures.

Il se leva et lui offrit de nouveau son bras pour la reconduire au débarcadère, où la vedette blanche du Palazzo Calvani l'attendait pour la ramener au Vittorio.

Quand elle eut disparu de sa vue, le comte regagna la terrasse. Leo et Marco l'y trouvèrent quelques instants plus tard, un verre de vin à la main, la mine réjouie.

— Que complotez-vous, mon oncle ? questionna Leo.

— Après avoir présenté à Guido une multitude d'épouses potentielles plus charmantes les unes que les autres, je commençais à perdre espoir, mais cette fois, j'ai trouvé la femme idéale.

— Qui donc ? demandèrent en chœur ses deux neveux.

— Une jeune femme de sang noble, parente d'une de mes anciennes passions.

— Mais... la moitié des Européennes sont des parentes de vos..., commença Leo.

— Silence ! Un peu de respect. Elle vient dîner ce soir et je suis certain qu'elle va l'éblouir.

— Il ne sera pas là, intervint Marco. Il a appelé pour prévenir qu'il dînait dehors.

— Quel que soit son rendez-vous, il l'annulera.

— Mon oncle, il faut que vous sachiez...

— Assez ! Je vous attends tous les trois pour le dîner, en tenue de soirée, bien entendu.

Jamais la paperasserie ne lui avait semblé si ennuyeuse ! songea Guido en s'attaquant à contrecœur à la pile de courrier qui l'attendait au bureau après ces quelques jours d'école buissonnière en compagnie de Dulcie. Heureusement, il la revoyait ce soir...

Pour ne pas risquer d'être reconnu, il allait l'emmener au restaurant en dehors de Venise. Heureusement, très bientôt ce genre de subterfuge deviendrait inutile, puisqu'il allait lui révéler sa véritable identité.

Comment allait-elle réagir ? Lui en voudrait-elle de cette innocente supercherie ? Sans doute pas, une fois qu'il lui aurait ouvert son cœur. Tant qu'elle avait été affaiblie par la maladie, il avait contenu sa passion pour elle. Certes, il avait bien failli flancher, et à plusieurs reprises il avait même été obligé de prendre ses distances… D'autant plus qu'elle était manifestement en phase avec lui. Aucune parole n'avait été prononcée, mais ils s'étaient parfaitement compris. Elle l'aimait autant qu'il l'aimait. C'était évident.

Perdu dans sa rêverie, il n'entendit pas tout de suite la sonnerie de son portable.

— Où diable es-tu ? rugit son oncle quand il finit par décrocher.

— A mon bureau, en train de travailler, répondit-il en s'efforçant de prendre un ton vertueux.

— Si je comprends bien, tu as du temps pour ton soi-disant travail et tes multiples maîtresses, mais jamais pour ton vieil oncle.

— Ce n'est pas vrai…

— Je ne t'ai pratiquement pas vu de toute la semaine.

— Leo et Marco sont là. Tu n'as pas besoin de moi.

— Si, justement. Particulièrement ce soir. Nous donnons un dîner en l'honneur d'une invitée très spéciale.

— Mon oncle, s'il vous plaît, pas ce soir ! Je ne peux absolu…

— Ne dis pas de sottises, tu es libre, bien entendu. J'ai tout organisé. Une jeune femme aussi belle qu'intelligente vient dîner et elle brûle d'envie de te connaître.

Guido leva les yeux au ciel. Encore une épouse potentielle !

— Mon oncle, laissez-moi vous expliquer.

98

La voix de Francesco devint plaintive.

— Il n'y a rien à expliquer. Je suis un vieil homme et je ne te demande pas grand-chose. Si même ce pas grand-chose est trop pour toi, eh bien, je n'insiste pas.

Guido serra les dents. Bon sang ! Quand Francesco prenait ce ton de vieillard abandonné, il finissait toujours par céder. Il adorait son oncle et ne supportait pas de le blesser. Même s'il le soupçonnait de jouer la comédie. Il pouvait dire adieu à son rendez-vous…

— Très bien, dit-il. J'essaierai d'être là.

— Tu es un bon garçon. Je ne veux rien t'imposer, bien sûr. Quand on atteint mon âge on devient forcément un poids, je sais bien.

— Mon oncle, voulez-vous bien arrêter, s'il vous plaît ? lança Guido. Je serai là, je le jure.

— Toute la soirée ?

— Toute la soirée.

— En smoking ?

— En smoking.

— Je savais que tu ne me laisserais pas tomber. Ne sois pas en retard.

Il raccrocha.

Guido exhala un profond soupir. Pourquoi fallait-il que la vie soit aussi compliquée ? Et comment allait-il expliquer à Dulcie qu'il lui faisait faux bond pour rencontrer une épouse potentielle que son oncle, le comte de Calvani, tenait à lui présenter ? Non, c'était impossible. En tout état de cause, la vérité était hors de question. Encore un masque ! songea-t-il avec abattement. Allons, encore un peu de patience. Bientôt, il pourrait enfin tous les jeter.

7.

Dulcie choisit dans sa penderie une robe de soirée en soie vert amande à manches courtes. De minuscules diamants brillaient à ses oreilles et un solitaire monté en pendentif ornait son cou. L'ensemble mettait admirablement son hâle en valeur, constata-t-elle avec plaisir en se regardant dans le miroir de la salle de bains.

Au même instant, elle fut assaillie par le remords. Elle aurait déjà dû appeler son chevalier servant depuis long-temps pour le prévenir qu'elle était obligée de remettre leur rendez-vous ! Mais quel prétexte invoquer ? Comment pourrait-elle lui expliquer qu'elle lui faisait faux bond pour dîner au Palazzo Calvani afin de vérifier s'il était l'héritier du comte ? Non, il était impossible de dire la vérité.

Allons, inutile de reculer plus longtemps. Elle tendit la main vers le téléphone, mais celui-ci sonna avant qu'elle ait le temps de le toucher.

— *Dulcie, cara.*

— Bonjour, dit-elle, submergée malgré elle par une immense joie.

— Il y a un moment que j'essaie de trouver le courage de vous appeler. Vous allez m'en vouloir. J'ai un empêche-ment ce soir.

— Un empêchement ?

A son grand dam, elle ressentit une vive déception.

— C'est un imprévu auquel je ne peux pas échapper, précisa-t-il.

— Ne pouvez-vous pas m'en dire plus ?

Il y eut un silence. De toute évidence, il était mal à l'aise…, songea-t-elle avec un pincement au cœur.

— C'est… compliqué, finit-il par répondre. Je ne veux pas en parler au téléphone. Vous n'êtes pas fâchée contre moi, j'espère ?

— Bien sûr que non, mentit-elle.

— Si vous saviez à quel point j'aurais préféré passer cette soirée en votre compagnie ! Je vous appelle demain. *Ciao.*

Elle qui se demandait quelle excuse elle allait bien pouvoir invoquer ! se dit-elle en raccrochant. En fin de compte, il lui avait rendu un fier service. Elle aurait dû se réjouir au lieu d'être déçue. Alors pourquoi ne parvenait-elle pas à faire taire la petite voix qui lui soufflait que quelque chose clochait ? Il n'avait même pas pris la peine d'élaborer une excuse convaincante…

Mais peut-être ne la trouvait-il pas digne d'un tel effort, finalement. Demain il ne la rappellerait pas. Elle ne le reverrait plus.

Allons, il fallait cesser de délirer ! se morigéna-t-elle. Il venait simplement d'annuler leur rendez-vous comme elle était elle-même sur le point de le faire au moment où il avait appelé. Quelle différence ?

La différence, c'était ce nuage menaçant qui planait à présent au-dessus de sa soirée...

Et pourtant, elle aurait dû éprouver un plaisir sans mélange, songea-t-elle avec nostalgie en montant dans la vedette blanche du Palazzo Calvani, qui l'attendait à l'heure prévue à l'embarcadère de l'hôtel. Les derniers rayons du couchant marbraient le ciel, et tout autour d'elle, Venise se préparait pour la soirée. Sur les quais les lumières s'allumaient, à la terrasse des cafés les amis se hélaient, sur l'eau les gondoliers qui rentraient chez eux croisaient ceux qui commençaient leur journée de travail à la tombée de la nuit.

La vedette passa sous le pont du Rialto, puis le Palazzo Calvani apparut, entièrement éclairé, majestueux. Dulcie imagina sans mal le faste des réceptions qui s'y donnaient du temps de sa splendeur, à l'époque où Venise régnait en maître sur l'Adriatique.

Le comte l'attendait au débarcadère, resplendissant. Dans son habit, il semblait arriver tout droit de cette époque révolue. Elle avait été bien inspirée de choisir sa tenue la plus chic !

Il l'aida à descendre de la vedette, puis, s'inclinant cérémonieusement, il déclara :

— C'est un grand honneur pour moi de vous recevoir à dîner.

Derrière lui se tenaient deux hommes séduisants d'une trentaine d'années.

— Mes neveux, Marco et Leo, dit le comte.

Les deux hommes la saluèrent.

— Marco vit à Rome et Leo en Toscane. Mon troisième neveu, Guido, qui habite ici, va bientôt arriver.

C'était lui qu'elle recherchait. L'héritier du titre.

Le comte lui offrit son bras pour la conduire jusqu'à la terrasse, où attendaient un seau à champagne et quatre coupes.

La vue sur le Grand Canal et le pont du Rialto était grandiose. Le souffle coupé par tant de beauté, Dulcie savoura le spectacle en silence pendant un moment.

— Je vois que vous comprenez ma ville, déclara le comte en souriant. Votre silence est le plus beau compliment que vous pouvez lui faire.

Elle hocha la tête.

— Je passe un moment ici tous les soirs, confia-t-il. Pour apprécier cette beauté, il vaut mieux être seul, ou bien — il s'inclina avec galanterie — en charmante compagnie. Mais je manque à tous mes devoirs. Voulez-vous une coupe de champagne ?

Elle accepta et se replongea dans la contemplation de la vue. La terrasse surplombait l'eau, mais de chaque côté s'étendait un immense jardin.

Soudain, elle tressaillit. Une ombre ne venait-elle pas de bouger au pied d'un arbre ? Non. Tout était parfaitement immobile. Ce n'était qu'une impression.

— Qu'y a-t-il ? questionna le comte.

— Rien. J'ai cru voir bouger quelque chose ; j'ai dû me tromper.

A cause d'un coup de téléphone d'un client important Guido arriva au *palazzo* beaucoup plus tard qu'il ne l'avait prévu. Mais pas question de se présenter en jean et en pull-over ! Son oncle ne le lui pardonnerait jamais. Il pénétra dans le jardin par un petit portail dont seuls les initiés possédaient la clé et avança silencieusement dans l'ombre des arbres. Avec un peu de chance, il parviendrait à gagner sa chambre sans se faire remarquer et pourrait se changer.

A travers les arbres, il discerna la terrasse surplombant l'eau. C'était là qu'était servi l'apéritif en été. D'ailleurs, son oncle s'y trouvait en effet, constata-t-il. En compagnie de Marco, de Leo et d'une femme en robe longue, dont il ne distinguait pas le visage. Il ne serait pas inutile d'essayer d'en apprendre un peu plus sur elle, se dit-il. Ne serait-ce que pour savoir à quoi s'en tenir sur le degré d'ennui que risquait d'atteindre cette soirée… Quittant l'ombre des arbres, il se plaqua contre un mur qu'il longea furtivement pour approcher de la terrasse.

Soudain, la jeune femme se tourna vers le jardin et Guido vit son visage.

Son sang se figea dans ses veines. Bon sang ! Il était trop tard pour retourner sous les arbres ! Une seule solution, se cacher dans le renfoncement juste en dessous de la balustrade de la terrasse. Il s'y précipita juste à temps.

— Qu'y a-t-il ? entendit-il son oncle demander à quelques centimètres au-dessus de sa tête.

Puis la voix de Dulcie.

— Rien. J'ai cru voir bouger quelque chose ; j'ai dû me tromper.

Guido était aux cent coups. Il avait vraiment frôlé la catastrophe ! Que faisait Dulcie chez son oncle ? Heureusement qu'il avait eu l'idée de tâter le terrain avant d'aller se changer !

Il entendit au-dessus de sa tête les voix étouffées de Leo et de Marco, puis celle, irritée, de son oncle.

— Que lui est-il arrivé, bon sang ! Lady Dulcie, je vous prie d'accepter mes excuses pour le retard de mon neveu. Qu'un de vous deux lui téléphone pour lui demander à quelle heure il daignera nous faire l'honneur de sa présence.

Guido s'empressa d'éteindre son portable.

Il entendit bientôt la voix de Marco.

— J'ai eu sa messagerie.

Puis celle de son oncle.

— Il va arriver d'un moment à l'autre.

« Pas question ! » songea Guido.

— J'espère, dit la voix de Dulcie. Je suis impatiente de rencontrer votre troisième neveu, comte Francesco...

Les voix s'estompèrent.

Les idées se bousculaient dans l'esprit de Guido. Le désastre était imminent et il fallait à tout prix l'éviter. Pas question que Dulcie apprenne sa véritable identité dans de telles circonstances. C'était le moment ou jamais de faire appel à ses dons d'improvisation, qui lui avaient permis de se tirer de plus d'un mauvais pas... Personne ne l'avait vu. Il pouvait repartir par le même chemin. Téléphoner à son oncle pour s'excuser. Un problème urgent à la verrerie, qui l'empêchait de se joindre à eux ce soir. Présenter ses plus plates excuses.

Il était sur le point de faire demi-tour, quand une pensée le plongea dans la consternation.

Quand il recevait quelqu'un pour la première fois, son oncle ne dérogeait jamais à une tradition qui lui tenait à cœur. Après le dîner, il entraînait ses nouveaux convives dans une visite du palais qui se terminait par son bureau. Là, il sortait ses albums et leur montrait des photos de famille parmi lesquelles celles de l'héritier du titre occupaient une place de choix...

Guido étouffa un juron. Qu'avait-il donc fait pour mériter ça ? Dulcie ne devait à aucun prix voir ces photos !

Il gagna une petite porte que personne n'utilisait jamais. Derrière se trouvait un passage qui menait à l'arrière de la maison via la cuisine. De là, il serait à deux pas du bureau de son oncle.

Comme il s'y attendait, la porte était fermée à clé. Mais le bois était si vermoulu qu'un coup de pierre suffit à faire céder le battant. Dans le passage, il régnait une obscurité totale et il dut avancer à l'aveuglette sur le sol inégal. A un moment, il tomba de tout son long. Apparemment, il était couvert de poussière, constata-t-il en se relevant. Mais ce n'était pas le moment de s'en préoccuper. Plus loin devant lui il aperçut une lumière. La cuisine devait être en pleine effervescence et il fallait absolument réussir à passer devant la porte sans se faire remarquer.

Sur des charbons ardents, il dut attendre le bon moment pendant cinq minutes qui lui parurent interminables. Puis il lui fallut foncer sans perdre une seconde. Il pénétra dans un étroit couloir qui se terminait en cul-de-sac. En appuyant sur une pierre, il fit pivoter un pan de mur et se retrouva dans le bureau de son oncle. Ce passage secret avait été aménagé au XVIIe siècle par un de leurs ancêtres qui avait redouté toute sa vie de se faire assassiner. Bon sang ! Mourir assassiné était une perspective réjouissante par rapport à ce qui l'attendait s'il ne parvenait pas à subtiliser les albums de son oncle...

Pour l'instant, la chance semblait de son côté. Le bureau était vide et plongé dans la pénombre. Allumant seulement une petite lampe, il ouvrit le tiroir dans lequel Francesco rangeait la clé de la vitrine qui abritait les albums. Puis il se dirigea vers celle-ci à pas feutrés et se pencha pour introduire la clé dans la serrure.

— Pas un geste !

La voix venait du seuil de la pièce.

— Levez-vous et tournez-vous lentement, les mains en l'air.

Il s'exécuta. Allons bon... Le canon d'un fusil était braqué sur lui.

Au fur et à mesure que les minutes s'égrenaient sans nouvelle de l'héritier absent, le sourire du comte se figeait un peu plus. Finalement, il se décida à faire servir le dîner et escorta Dulcie jusqu'à la salle à manger, où il lui désigna la place d'honneur.

Amusée, elle l'écouta raconter une foule d'anecdotes à propos de lady Harriet. A plusieurs reprises, il se lamenta à propos du célibat de ses neveux.

— Je continue à espérer qu'ils se marieront un jour. Mais ils sont tous les trois rebelles et égoïstes.

— Je me demande de qui nous tenons ça, commenta Leo avec un sourire.

Francesco soupira.

— J'ai bien peur que nous soyons tous des célibataires endurcis dans cette famille.

— Votre neveu Guido est lui aussi célibataire ? questionna Dulcie.

— Oui. Je vous renouvelle mes excuses pour son retard, mais je suis certain qu'il va bientôt arriver.

Francesco haussa la voix en prononçant ces derniers mots, comme pour adresser un message à l'absent et lui rappeler son devoir.

— Liza, s'il vous plaît, donnez-moi ce fusil, supplia Guido avec nervosité.

Avec précaution, il prit l'arme des mains de la gouvernante, puis guida celle-ci jusqu'à un fauteuil, dans lequel elle se laissa tomber.

— Il n'est pas chargé, dit-elle d'une voix éteinte. Je vous ai pris pour un cambrioleur. *Maria vergine* ! J'aurais pu vous tuer !

— Pas avec un fusil non chargé. Mais j'ai bien failli avoir une attaque. Et si j'avais réellement été un cambrioleur, qu'auriez-vous fait exactement ? Vous regardez trop de séries policières.

107

— C'est vrai. Je crois que j'ai l'esprit d'aventure.

— Quelle idée ! Vous avez besoin d'un remontant. Je sais où mon oncle cache son meilleur cognac.

Il lui servit un verre.

— Tenez, ça va vous requinquer. Et puisque vous avez l'esprit d'aventure, vous pouvez peut-être m'aider à me sortir d'un sale pétrin. Je dois faire disparaître ça.

Il montra les albums.

— Juste pendant quelques heures, précisa-t-il.

— Mais votre oncle va vouloir les montrer à son invitée !

— C'est pour cette raison que je dois absolument les escamoter. Je ne peux pas vous en dire plus pour l'instant, mais c'est très important. En fait, Liza, toute ma vie est entre vos mains. Mon mariage, mes enfants, les enfants de mes enfants, l'avenir des Calvani.

— Si votre oncle ne les trouve pas, il n'hésitera pas à appeler la police.

Guido fourragea nerveusement dans son épaisse crinière.

— Que faire ?

— Laissez-moi m'en occuper, *signore*.

Intarissable sur l'histoire de Venise, le comte Francesco déployait toute sa verve pour Dulcie, qui l'écoutait avec fascination.

— Tout le monde venait ici pour le carnaval, déclara-t-il avec enthousiasme. C'était une période de réjouissances. Connaissez-vous l'origine de ce mot ?

— Je crains que non, admit-elle.

De toute évidence, c'était la réponse qu'il attendait.

— Il vient de *carnevale*, mardi gras. Avant le carême, période d'abstinence et de privation, les gens festoyaient et s'amusaient, de préférence derrière la protection d'un masque, qui leur permettait de goûter sans contraintes aux plaisirs de la chair. Ces festivités débutaient le jour des Rois et se terminaient au douzième coup de minuit, le mardi gras. Pour ma part, je célèbre le carnaval à ma façon, en organisant un bal masqué en été. Cette année, il aura lieu mercredi prochain. J'espère que vous me ferez l'honneur d'y assister.

— Je ne suis pas certaine d'être encore à Venise la semaine prochaine.

— Oh, il le faut absolument ! Ne serait-ce que pour donner à mon neveu Guido l'occasion de se racheter. Je suis tellement confus de sa conduite inqualifiable. Je lui ferai part de mon mécontentement.

— Vous lui en avez déjà donné un aperçu quand il a téléphoné pour s'excuser il y a une demi-heure, fit-elle observer en souriant. Ne vous inquiétez pas. Je suis déçue de ne pas l'avoir rencontré, mais puisque ce dîner a été décidé à la dernière minute, je comprends très bien qu'il n'ait pas pu se libérer.

— Merci pour votre indulgence. Néanmoins soyez assurée que la semaine prochaine, il vous présentera ses excuses en personne.

Apparemment, il ne voulait pas en démordre ! se dit Dulcie, amusée. Sans faire de commentaire, elle s'abandonna au plaisir d'admirer le *palazzo*. Quand la visite guidée fut terminée, ils prirent un café et un cognac sur la terrasse en compagnie de Leo et de Marco. Puis les trois hommes raccompagnèrent Dulcie au débarcadère, où l'attendait la vedette. Alors que Marco et Leo s'apprêtaient à l'aider à embarquer, le comte les écarta d'un geste impérieux.

— Lady Dulcie est mon hôte et le privilège de l'assister me revient. *Buona notte, signorina.* Je suis désolé que la soirée ne se soit pas déroulée selon mes souhaits. J'avais l'intention de vous montrer mes albums de photos. Je ne comprends pas comment les clés de la vitrine ont pu s'égarer. Quant à mon neveu, je réitère mes excuses pour son absence. Mais vous le verrez mercredi. Au bal masqué.

— Je suis impatiente de faire sa connaissance.

Quelques secondes plus tard, la vedette glissait lentement sur le Grand Canal sous le regard des trois hommes.

— C'est bien ce que je pensais. Elle est parfaite, déclara le comte.

— Peut-être, mais vos espoirs vont être déçus, prévint Leo.

— Que veux-tu dire ?

— Guido a une nouvelle conquête, intervint Marco. Il ne la quitte plus et ne fait plus que de brèves apparitions à son bureau. C'est bien la première fois qu'il néglige ses affaires. Croyez-moi, mon oncle, c'est sérieux.

— Pourquoi diable ne me l'avez-vous pas dit plus tôt ?

— Nous pensions qu'il viendrait peut-être et vous l'expliquerait lui-même.

— Que sait-on sur cette femme ? questionna Francesco.

— Seulement qu'il l'a rencontrée en jouant au gondolier.

Le comte émit un grognement dédaigneux.

— Encore une touriste prête à se laisser séduire par le premier gondolier venu !

Dulcie savourait la promenade sur le Grand Canal. La lune était haut dans le ciel et Venise se préparait pour la

110

nuit. Sur les quais, les terrasses fermaient et les lumières s'éteignaient progressivement. De temps à autre, on distinguait un couple enlacé dans l'ombre d'une ruelle. Quelques gondoles attardées glissaient encore sur l'eau sombre.

Mais sur aucune elle ne reconnaissait la silhouette familière de l'homme qui lui manquait déjà tant, constata-t-elle avec mélancolie. Que faisait-il en ce moment ? Pourquoi avait-il annulé leur rendez-vous ? Le reverrait-elle ? Peut-être allait-il l'appeler pour lui dire qu'elle lui avait beaucoup manqué. Peut-être même y avait-il un message qui l'attendait à l'hôtel…

S'efforçant de réprimer son impatience, elle regagna sa suite en toute hâte, mais quand elle appela la réception, on lui répondit qu'il n'y avait aucun message pour elle. Abattue, elle resta assise, les yeux fixés sur le téléphone.

Soudain, elle entendit du bruit dans la seconde chambre et la porte de communication s'ouvrit.

— Jenny ! s'exclama-t-elle.

La jeune fille se jeta dans ses bras.

— Je suis si contente de te voir !

— Que fais-tu ici ? Je ne savais pas que tu devais venir.

— Papa a pensé que nous serions contentes de passer quelques jours ensemble.

— T'a-t-il expliqué la raison de mon séjour ici ?

— Il m'a simplement dit que tu faisais une étude de marché pour lui. Je sais qu'il développe sans arrêt ses activités.

Apparemment, Jenny ne soupçonnait rien de son enquête, en conclut Dulcie. Mais il était vrai que la jeune fille ne savait pas quel métier elle exerçait. Celle-ci n'avait donc aucune raison de se méfier d'elle. Seigneur ! La situation devenait de plus en plus délicate…

— Tu es splendide ! s'exclama Jenny en examinant sa robe de soirée. Dis-moi, Dulcie, aurais-tu rencontré quelqu'un ?

— J'ai dîné avec trois hommes ce soir et aucun d'eux n'était celui que j'attendais, répondit-elle d'une voix morne.

— Et moi je n'en ai vu qu'un, mais c'était l'homme de ma vie. Oh, Dulcie, tu ne peux pas savoir à quel point je suis heureuse de l'avoir retrouvé ! Il m'a tellement manqué !

Dulcie se raidit.

— Pardon ?

— A mon arrivée, j'ai appelé Federico de l'aéroport. Il est venu me chercher immédiatement. Si tu avais vu l'accueil qu'il m'a réservé ! Il m'a prise dans ses bras et m'a fait tournoyer en me répétant que je lui avais terriblement manqué. Et ensuite, nous nous sommes embrassés pendant…

— Une minute, coupa Dulcie en tentant d'ignorer la douleur aiguë qui venait de lui déchirer l'estomac. Tu étais avec Federico, ce soir ?

— Bien sûr, voyons. Qui d'autre ? Au début, il pensait ne pas pouvoir se libérer…

— Mais bien sûr, il s'est arrangé.

— Oui.

Eh bien, au moins, elle savait à présent pourquoi il lui avait fait faux bond ce soir, songea Dulcie, soudain revigorée par une bouffée de colère. Le monstre ! Il les menait en bateau toutes les deux. Dire qu'elle avait failli se laisser berner !

Elle se dirigea à grands pas vers la porte.

— Où vas-tu ? questionna Jenny.

— Prendre l'air !

Une fois dehors, Dulcie s'engouffra dans le dédale de ruelles sombres sans se soucier de la direction qu'elle prenait. Que lui importait ? Les paroles innocentes de Jenny l'avaient anéantie. Dire qu'elle s'était exhortée à se tenir sur ses gardes, à conserver une distance professionnelle, à ne jamais faire entièrement confiance à cet homme ! Et en fin de compte, comme une oie blanche, elle s'était laissé prendre au numéro de charme le plus vieux du monde.

Dans un sursaut d'orgueil elle releva le menton. Après tout, ça lui servirait de leçon. La prochaine fois, elle ne tomberait pas dans le piège.

Quelle prochaine fois ? se dit-elle aussitôt. Peut-être un jour éprouverait-elle de nouveau des sentiments pour un homme, mais jamais plus elle ne connaîtrait une telle passion. Dire que ces moments merveilleux passés chez lui n'étaient en fait qu'une illusion ! C'était cela le plus douloureux.

Elle tourna dans une autre ruelle sombre.

Dans un petit bar, de l'autre côté du Grand Canal, accoudé à une balustrade, Guido observa le départ de Dulcie. Quelle tragédie d'être si près d'elle et si loin en même temps !

Par précaution, il attendit une demi-heure avant de retourner au *palazzo* en sifflotant pour masquer sa nervosité.

La catastrophe avait-elle pu être évitée ? Certes, Liza avait promis « d'égarer » la clé de la vitrine, mais peut-être son oncle en possédait-il un double. Bon sang ! Il n'osait imaginer la réaction de Dulcie si elle avait vu les photos...

— Te voilà, scélérat !

La voix tonitruante résonna dans le hall de marbre, où Francesco venait de faire irruption, le regard noir. Leo et Marco le suivaient, visiblement déterminés à ne pas manquer le spectacle.

— Mon oncle, je peux vous expliquer...

Guido laissa volontairement sa phrase en suspens. Quand on ne savait pas exactement ce qu'on était censé expliquer, mieux valait rester dans le flou.

— Ce n'est pas à moi que tu dois des explications, mais à cette charmante jeune femme. Tu t'es conduit avec elle de manière indigne.

— C'est une question de point de vue, répliqua Guido, toujours prudent.

— Comment as-tu osé ?

Francesco s'étrangla de fureur, au grand dam de Guido qui avait espéré apprendre de quoi il était coupable exactement.

— Viens par ici.

Francesco indiqua son bureau.

Guido y pénétra avec circonspection.

Aucun indice révélateur, constata-t-il. Des verres de vin étaient posés çà et là. Apparemment, les convives avaient passé un moment dans le bureau. Mais avaient-ils pu regarder les photos ? Comme s'il le faisait exprès, le comte se planta devant la vitrine, cachant son contenu.

— C'est une grande dame, comprends-tu ? fulmina-t-il. Et tu t'es comporté comme un... Les mots me manquent !

Guido réprima un soupir. Bon sang ! Ne pouvait-il pas se montrer un tout petit peu plus précis ?

— Oh, elle s'est montrée magnanime, poursuivit Francesco. Elle a beaucoup de classe. Même si, à mon avis, après ce qui s'est passé ce soir, elle rêve de te voir pendu au plus haut réverbère de la ville.

— Que... s'est-il passé, exactement, ce soir ?

— Tu oses me le demander ?

— Oui. C'est ce que je viens de faire. Et vous deux, ajouta Guido en se tournant vers Leo et Marco, cessez de ricaner en douce, sinon vous allez me le payer cher.

Dulcie avait-elle vu les photos, oui ou non ? se demanda pour la énième fois Guido, dans les transes. S'il n'obtenait pas bientôt la réponse, il allait perdre tout contrôle de lui-même...

— *Scusi signori.*

Liza s'était glissée sans bruit dans la pièce, tel un fantôme. Tout en ramassant les verres, elle s'arrangea pour s'approcher de Guido et lever discrètement le pouce pour lui signaler que tout s'était bien passé. Il se détendit.

— Je suis désolé pour mon absence, mais je n'ai pas pu faire autrement, dit-il à son oncle. Et si, comme tu le dis, elle l'a pris avec magnanimité...

— Lady Dulcie a tout de même exprimé sa déception, coupa Francesco avec emphase.

— Vraiment ?

— Quand je lui ai assuré que tu serais présent au bal masqué, elle a manifesté son impatience en soulignant qu'elle attachait beaucoup d'importance à cette rencontre.

Dans son empressement à réunir Dulcie et Guido, le comte enjoliva les paroles de politesse de Dulcie. Aux oreilles de Guido, dont les nerfs étaient déjà fort ébranlés, celles-ci sonnèrent comme une menace. De toute évidence, Dulcie avait découvert la vérité, se dit-il. Mais au lieu de le dénoncer, elle avait préféré garder sa colère pour leur prochaine rencontre...

— Je... Excusez-moi, mon oncle, un autre imprévu.

Il sortit de la pièce et quitta le *palazzo* à toutes jambes.

8.

Pour rejoindre le Vittorio, Guido prit un raccourci qui lui fit traverser la maison de son ami Enrico. Il embrassa la femme de ce dernier et accepta un verre de vin, avant de disparaître en lançant des remerciements par-dessus son épaule.

A quelques minutes de l'hôtel, près d'un petit canal, il faillit bousculer une femme qui arrivait en sens inverse.

— Dulcie !

En même temps qu'il se réjouissait de la voir, son cœur se serra. A en juger par son expression, elle n'était pas prête à se montrer aussi magnanime que l'avait affirmé son oncle.

— Vous êtes l'individu le plus immonde que j'aie jamais rencontré ! s'exclama-t-elle, confirmant ses craintes.

— Si je pouvais juste vous expliquer...

— Qu'y a-t-il à expliquer ? Que vous êtes un ignoble menteur ? Je le sais déjà !

— *Dio mio* ! Vous les avez vues finalement !

— Vu qui ?

Il passa ses longs doigts dans ses cheveux avec nervosité.

— J'aurais tout donné pour éviter ça...

116

— Eviter d'être découvert ? coupa-t-elle d'un ton méprisant. Vous vous imaginiez que je n'apprendrais jamais la vérité à votre sujet ?

— J'étais sur le point de tout vous avouer. Je vous le promets.

— C'était censé rendre la situation plus acceptable ?

— Non, mais... Si je pouvais vous faire comprendre comment c'est arrivé. C'était un accident. Je sais que j'aurais dû tout vous avouer dès le début, mais est-ce si important ? Après tout ce n'est rien de plus qu'une petite cachotterie...

— *Rien de plus qu'une petite cachotterie* ? Je n'en crois pas mes oreilles ! J'aurais dû comprendre quand vous avez annulé notre rendez-vous. Sans même une excuse valable, d'ailleurs. Un imprévu ! Vous auriez pu trouver mieux, non ?

— Aucune idée ne m'est venue, admit-il. Mais à présent que vous savez tout, ne pouvons-nous pas repartir de zéro ?

— Entendrais-je des voix ? Même vous, vous ne pouvez pas être assez pervers et dénué de scrupules pour...

— *Cara*, s'il vous plaît ! Je sais bien que je ne suis pas à la hauteur de vos exigences, mais j'y parviendrai, je vous le promets. Ai-je donc commis une faute si terrible ?

— Si vous posez la question, c'est que vous ne serez jamais capable d'en comprendre la réponse. Il est inutile de discuter plus longtemps. Adieu.

— Vous ne pouvez pas partir comme ça ! Ecoutez-moi !

Pris de panique, il l'agrippa par les épaules.

— Il est inutile d'insister. Lâchez-moi !

— Je ne peux pas !

— Lâchez-moi !

— Encore quelques minutes !

— Vous me prenez vraiment pour une idiote ? Lâchez-moi !

Elle tenta de se dégager, mais il laissa tomber ses mains sur sa taille et l'attira vers lui.

— Je vais vous lâcher, mais pas avant de vous avoir expliqué ceci.

Avant qu'elle ait le temps de réagir, il s'empara de ses lèvres avec une ardeur désespérée. Comme si sa vie en dépendait. Il y avait dans ce baiser une impétuosité qui électrisa Dulcie.

Seigneur ! Comment résister à ce feu perfide qui l'embrasait ? Comment garder la maîtrise de son corps et de son cœur, quand son cerveau était incapable de fonctionner ? Il était si tentant de se laisser engloutir dans cet océan de sensations pures...

— Laissez-moi partir, parvint-elle à balbutier, le souffle court.

— Impossible. J'ai trop peur de ne plus jamais vous retrouver. Je ne peux pas prendre ce risque.

— Vous m'avez déjà perdue. Et de toute façon, je n'ai jamais été à vous...

Il la réduisit au silence de la seule manière possible. Mais tout à coup, la mémoire revint à Dulcie. Comment osait-il ? Et elle, comment avait-elle pu oublier qu'il sortait des bras de Jenny ?

Cette pensée lui donna l'énergie dont elle avait tant besoin. Elle se libéra de son étreinte en le repoussant de toutes ses forces. Déséquilibré, il recula d'un pas. Puis avec un cri aussitôt suivi d'un grand plouf, il disparut dans l'eau noire du canal. Ni l'un ni l'autre ne s'étaient rendu compte qu'ils se trouvaient au bord du quai.

Quand il refit surface, Guido chercha un escalier du regard. Mais il n'y en avait aucun en vue. Or, c'était la marée basse et le quai était trop haut pour qu'il puisse y grimper.

Il tendit la main en criant :

— Aidez-moi à sortir, *Cara* !

Un genou à terre, Dulcie l'observait avec anxiété.

— Etes-vous blessé ?

— Non, mais je suis mouillé, figurez-vous. Aidez-moi à sortir.

— Pourquoi ? Vous savez nager !

— Bien sûr, mais...

— Parfait. Alors rentrez chez vous à la nage.

Se relevant, elle fit demi-tour et s'en alla.

— *Cara* !

Sous ses yeux horrifiés, elle disparut dans l'obscurité, le laissant dans l'eau.

Il fallut encore une heure de marche à Dulcie pour reprendre ses esprits. Ainsi, c'était bien un intrigant. Elle l'avait toujours su. D'ailleurs, c'était pour le prouver qu'elle était venue à Venise. Eh bien, elle était très satisfaite d'avoir rempli sa mission et gagné ses honoraires. Et même si le souvenir de son baiser farouche la poursuivait, même si une petite voix lui soufflait qu'elle se mentait à elle-même, elle ne se laisserait pas influencer.

C'est dans cet état d'esprit qu'elle regagna la suite impériale, décidée à ouvrir les yeux à Jenny sur ce traître. Elle frappa à la porte de la jeune fille.

— Il faut que je te parle !

— Ça ne peut pas attendre demain matin ? demanda la voix de Jenny.

— Non, c'est urgent.

Soudain, Dulcie perçut un bruit de voix étouffé. Assaillie par un pressentiment, elle ouvrit la porte.

La chambre était plongée dans l'obscurité, mais à la lueur du clair de lune pénétrant par la fenêtre ouverte, Dulcie distingua l'immense lit double. D'un côté se trouvait Jenny, le drap remonté jusqu'au cou. De l'autre côté, une protubérance suspecte.

Dulcie fixa celle-ci avec un mélange d'incrédulité, de colère et de détresse. Il était encore plus abject qu'elle ne le pensait ! Il avait osé se précipiter ici, dans la suite impériale, juste après l'avoir embrassée sur les quais… ?

— Ce n'est pas le moment ! protesta Jenny. Je voudrais dormir.

— Je trouve au contraire que le moment est très bien choisi pour démasquer un escroc de la pire espèce, répliqua fermement Dulcie en saisissant le drap du côté de la protubérance.

Une paire de mains masculines retint ce dernier. Dulcie tira d'un coup sec. Les mains tirèrent dans l'autre sens. Au bout de quelques secondes de ce petit jeu, le drap finit par glisser, révélant l'homme nu qui se cachait dessous.

Dulcie resta bouche bée. Qui était-ce ? Elle n'avait jamais vu cet individu de sa vie !

— Je te présente Federico, dit Jenny d'une toute petite voix.

— Lui ?

Dulcie ouvrit de grands yeux.

— Ce n'est pas Fede.

— Si, c'est moi, déclara le jeune homme, embarrassé, en essayant de remonter le drap.

Ayant réussi, il tendit poliment la main à Dulcie.

— Federico Lucci. Comment allez-vous ?

120

— Très mal, répondit Dulcie d'une voix éteinte. En fait, je crois que je suis en train de perdre la raison. Si vous êtes Federico, qui est l'homme que je viens de jeter dans le canal ?

Les deux jeunes gens la fixèrent d'un air effaré.

Dulcie pivota sur elle-même et se dirigea vers la fenêtre. Elle respira à fond. Seigneur ! Quel bouillonnement dans son esprit ! Serait-il possible qu'il existe une petite lueur d'espoir ? Etait-ce un immense bonheur qui se profilait à l'horizon ? Il était encore trop tôt pour le dire.

Lorsqu'elle se retourna, Jenny et Federico se tenaient debout, habillés, et la lumière était allumée. A présent, les choses paraissaient plus claires... et plus confuses à la fois.

Le jeune homme qu'elle venait de tirer du lit était le gondolier qui se trouvait au second plan sur la photo que lui avait montrée Roscoe. Alors que ce dernier lui avait désigné le joueur de mandoline comme étant Federico. Certes, cela semblait plus logique, mais son employeur aurait tout de même pu vérifier ses informations !

Dans ce cas, qui était... ?

Ce fut Jenny qui reprit ses esprits la première.

— Qu'est-ce qui te prend de jeter les gens dans le canal ?

— Il l'avait mérité ! rétorqua Dulcie. Oh..., mais non ! Pas du tout...

— Peut-être êtes-vous restée trop longtemps au soleil ? suggéra Fede d'une voix douce.

— Oui, en effet, admit Dulcie. J'ai été très malade et il a veillé sur moi. Mais je pensais que c'était vous... Il portait votre chemise... du moins votre nom y était-il inscrit... et il conduisait une gondole...

— Ça c'est Guido, affirma Fede.

121

Dulcie resta pétrifiée. Guido ? Elle avait entendu ce prénom toute la soirée !

— Guido comment ?

— Guido Calvani. Nous sommes amis depuis l'école. Un jour, il sera comte, mais il adore conduire ma gondole. Alors je la lui prête — même s'il est obligé de se faire passer pour moi parce qu'il n'a pas de permis.

Avec effort, Dulcie se remit en mouvement et alla chercher son sac dans le salon. Elle en sortit la photo.

— Est-ce lui qui joue de la mandoline ?

— C'est bien Guido, confirma Jenny. C'est un ami très précieux pour Fede et moi. La première fois que je suis venue à Venise, il a remplacé plusieurs fois Fede sur la gondole pour que nous puissions passer la journée ensemble.

— Nous savions que nous étions suivis, intervint Fede. Alors parfois, nous sortions tous les trois ensemble, pour embrouiller le père de Jenny.

— Vous avez parfaitement réussi, dit Dulcie en s'asseyant.

Jenny la regarda d'un air perplexe.

— Au fait, comment se fait-il que tu aies cette photo ?

— Ton père me l'a donnée, avoua Dulcie à contrecœur. Comme vous le soupçonniez, il vous a fait suivre, lors de ton dernier séjour ici. Il pensait que Fede était…

— Un coureur de dot, compléta le jeune homme d'un ton désabusé.

— Oui, mais c'est plus compliqué que ça. Je ne sais pas comment il s'y est pris, toujours est-il qu'il vous a confondu avec Guido. Il pense que vous êtes un imposteur qui se fait passer pour un futur comte.

— Le jour où cette photo a été prise, Guido m'a raconté l'histoire de sa famille, se souvint Jenny.

— L'espion de ton père devait être assez proche pour l'entendre, mais trop loin pour bien comprendre la situation. Est-ce lui qui a pris cette photo ?

— Non, c'est un photographe de rue qui prend les touristes, intervint Fede. Je le sais parce que je lui ai acheté un cliché et qu'un autre est arrivé dans les mains du comte Francesco, qui en fait voir de toutes les couleurs à Guido depuis. L'espion de M. Harrison a dû en acheter un lui aussi.

Jenny regardait Dulcie avec perplexité.

— Pourquoi papa t'a-t-il donné cette photo ?

— Tu ne devines pas ? demanda Dulcie avec amertume. J'ai été envoyée ici pour trouver ce soi-disant imposteur et le piéger.

Jenny ouvrit de grands yeux.

— Comment ?

— Je devais le séduire en affichant mes origines nobles et ma fortune supposée. Puis le démasquer et te prouver qu'il s'était moqué de toi. Mais Roscoe s'est trompé de cible et c'est avec Guido que j'ai pris contact. Je suis détective privé, Jenny.

— Pardon ?

— Ton père m'a engagée pour « t'ouvrir les yeux ». Or, il semble que ce soit lui qui en ait besoin. Oh, Jenny, si tu savais comme je m'en veux ! Je croyais sincèrement que j'allais t'arracher aux griffes d'un escroc.

Dulcie prit une profonde inspiration. A présent, il allait falloir affronter le mépris de Jenny... Mais passé le premier instant de stupéfaction, la jeune fille se détendit et haussa les épaules. Elle regarda Fede et un sourire illumina son visage. Quelques secondes plus tard, ils étaient dans les bras l'un de l'autre.

Dulcie laissa échapper un soupir. Quel soulagement ! Heureusement que l'amour rendait indulgent…

— Alors depuis une semaine, tu mènes Guido en bateau ? questionna soudain la jeune fille, sans quitter les bras de Federico.

— En quelque sorte, marmonna Dulcie avec raideur.

Jenny pouffa, puis Federico éclata de rire. Au bout d'un instant, Dulcie parvint à esquisser un sourire contraint.

— Ce n'est pas drôle, dit-elle. Il m'a menti.

— Toi aussi, tu lui as menti.

— Je pensais agir pour une bonne cause. Mais je ne comprends pas cette histoire de titre. Je suis allée chez lui. C'est un petit appartement qui…

— Ne ressemble pas à l'idée qu'on se fait de la demeure d'un futur comte, compléta Fede. C'est pour cette raison que Guido l'aime tant. En fait, il n'a pas besoin d'hériter pour être riche. Il est très doué pour les affaires. Il a commencé par monter une petite fabrique de souvenirs, qu'il a développée peu à peu. A présent, il possède également une verrerie. Mais ce qui lui tient le plus à cœur c'est son atelier de fabrication…

— De masques ? coupa Dulcie d'une voix étranglée.

— Oui. C'est sa spécialité. Il en dessine même certains lui-même. Enfin, c'est surtout un homme d'affaires très habile. Officiellement, il réside au Palazzo Calvani. Ce petit appartement est son refuge. Et bien sûr, c'est l'endroit idéal pour recevoir en toute discrétion les femmes qu'il…

Un coup de pied de Jenny fit taire le jeune homme.

— Merci, dit Dulcie, la voix blanche. Je vois.

— En tout cas, tu vas pouvoir dire à papa que Federico n'est pas un imposteur, déclara Jenny. Je compte sur toi pour arranger les choses avec lui.

— Je crains que ça ne soit pas si simple. Il s'est mis dans la tête de te marier à un aristocrate.

— Je n'épouserai personne d'autre que Fede ! s'exclama Jenny. Je me moque complètement des désirs de papa. Et aussi de son argent. Je suis majeure et je n'ai pas besoin de son autorisation. Simplement, j'aurais voulu éviter de me fâcher avec lui. Il est terriblement borné ! S'il y a rupture entre nous, il ne reviendra jamais en arrière. Et à part moi, il n'a personne. Si nous nous fâchons, il ne verra jamais ses petits-enfants et il deviendra un vieillard aigri.

— Il est déterminé à ne pas céder, prévint Dulcie.

— Moi aussi.

L'espace d'un instant, Jenny fut tout le portrait de son père.

— Il faudra donc trouver une solution, ajouta-t-elle en bâillant. Mais ça attendra demain matin.

— Nous sommes déjà le matin, fit observer Dulcie. Il est 5 heures.

— La nuit est loin d'être terminée, déclara Jenny d'un ton sans réplique. Bonne nuit, Dulcie. Tu devrais essayer de te reposer un peu.

Dulcie regagna sa chambre en tentant de mettre de l'ordre dans le tumulte de ses pensées.

Quelle confusion ! Comment pouvait-elle osciller ainsi entre la colère et la joie ? Elle était furieuse contre Guido. Tout était sa faute ! S'il ne s'était pas fait passer pour Federico, rien ne serait arrivé, songea-t-elle avec une mauvaise foi inhabituelle.

Mais en même temps, elle était si heureuse ! Ce n'était pas un vulgaire coureur de dot ! Tout ce qui l'avait touché en lui était bien réel. Ses attentions quand elle était malade... La façon dont il avait gardé ses distances tout en suggérant avec délicatesse que seules les circonstances l'y poussaient... Ce n'était pas la stratégie d'un séducteur vénal, mais l'attitude chevaleresque d'un homme suffisamment riche pour être totalement désintéressé.

Soudain, son cœur se serra. Dire qu'elle n'avait cessé de lui mentir... Mais après tout, lui aussi lui avait menti. Et il n'y avait aucune raison pour qu'ils ne puissent pas repartir de zéro.

Jusqu'à présent, elle avait refoulé ses sentiments, toutefois, plus rien désormais ne l'empêchait de lui avouer son amour. La vie était belle ! Elle finit par tomber dans un profond sommeil dont elle émergea à 9 heures.

Se levant d'un bond, elle se hâta de prendre sa douche et de s'habiller. En sortant de la chambre, elle vit que le petit déjeuner avait été servi sur la terrasse. Jenny et Fede, qui buvaient leur café, la saluèrent en souriant.

— N'est-ce pas une matinée splendide ? lança Jenny d'un air extasié. Je suis si heureuse que j'ai oublié le reste du monde.

— N'oublie tout de même pas ton cher papa. Si Roscoe apprend que vous avez passé la nuit ensemble ici, nous allons avoir de gros ennuis, fit valoir Dulcie.

Mais elle-même était trop heureuse pour s'inquiéter. Guido était un homme libre ! Le sentiment extraordinaire qui avait germé entre eux ces derniers jours était bien de l'amour ! Et elle était libre de lâcher la bride à ses sentiments. Pourvu qu'elle le revoie vite !

On frappa à la porte.

— J'ai commandé du café pour toi, dit Jenny.

— Merci, j'y vais, répondit Dulcie en se levant.

Quand elle ouvrit la porte, son cœur fit un bond dans sa poitrine. Guido ! Quelle joie d'être exaucée si vite ! Mais pourquoi affichait-il cet air penaud ? Et pourquoi entrait-il

126

d'un pas hésitant, comme s'il craignait de recevoir de l'huile bouillante sur la tête ?

— Vous n'êtes plus fâchée contre moi ? questionna-t-il en l'observant attentivement.

— Quelles raisons aurais-je d'être fâchée ? éluda-t-elle.

— Je me souviens que vous étiez très irritée, hier soir. Je m'en souviens même très bien parce que vous m'avez poussé à l'eau.

— Je ne vous ai pas poussé, vous avez trébuché.

— Vous ne m'avez pas aidé à sortir.

— Vous savez nager.

— C'est ce que j'ai fait. Finalement, j'ai été repêché par un chaland qui transportait des ordures et quand je suis rentré chez moi, je sentais tellement mauvais que mêmes les chats de gouttière me fuyaient. Ce n'est pas drôle, ajouta-t-il en voyant les lèvres de Dulcie frémir.

Elle pouffa malgré elle.

— Bon d'accord, je veux bien admettre que c'est drôle. Quand je me suis réveillé ce matin, j'ai su qu'il fallait que je vous voie immédiatement pour vous expliquer ce qui s'est passé, mais maintenant que vous êtes là devant moi… tout ce qui compte vraiment… Oh, embrasse-moi, ma chérie. Embrasse-moi !

Elle se jeta dans ses bras. Quel bonheur de sentir de nouveau sa bouche s'emparer de la sienne ! Elle rêvait de cet instant depuis qu'elle s'était dégagée brutalement de ses bras… Aurait-elle eu la force de le quitter, la veille, s'il n'était pas tombé à l'eau ?

— Il y a si longtemps que je rêve de te serrer dans mes bras, murmura-t-il. Dès le premier instant, j'ai su que nous étions faits l'un pour l'autre. Tu l'as su tout de suite toi aussi, n'est-ce pas, *cara* ?

— Je… je ne sais plus, chuchota-t-elle, étourdie.

— Mais si.

Il captura de nouveau sa bouche avec ferveur.

— Nous avons tellement de baisers à rattraper, murmura-t-il au bout d'un long moment. Aurons-nous assez de toute notre vie ?

— Toute notre vie ? s'exclama Dulcie, sidérée.

Tout allait si vite, brusquement…

— Oui. Des années et des années à t'embrasser et à t'aimer. A faire de beaux enfants avec toi.

Il s'écarta légèrement et posa sur elle un regard ébloui.

— Crois-tu au destin ? demanda-t-il avec feu.

— Eh bien, je…

— Parce que c'est le destin qui nous a réunis, n'est-ce pas ? C'est bien lui qui a fait tomber ta sandale dans mon bateau ?

— Pas exactement.

Dulcie fut submergée par la panique. Seigneur ! La conversation prenait un tour dangereux…

— Ce n'était pas un hasard ? s'exclama-t-il en ouvrant de grands yeux.

Tout à coup, il éclata d'un rire joyeux.

— Tu m'as vu depuis le pont et tu t'es dit : « Cet homme est trop beau, il me le faut. » Alors tu as lancé ta chaussure pour attirer mon attention. Oh, *cara*, dis-moi que c'est ça ! Pense à mon ego, ajouta-t-il d'un air malicieux.

— Je trouve ton ego suffisamment développé, répliqua Dulcie en cherchant à gagner du temps. « Cet homme est trop beau. » Rien que ça !

— Hier soir, quand tu es partie, j'ai cru perdre la vie.

L'émotion qui faisait trembler la voix de Guido la bouleversa.

— Je t'ai reconnue au premier regard, poursuivit-il. J'ai su tout de suite que tu étais un cœur pur. Je sais aussi que tu me pardonneras mon innocent mensonge, parce que je n'y ai mis aucune intention malveillante. Mais dis-moi, comment as-tu découvert la vérité ? Je voulais te le demander hier soir, mais tu étais trop occupée à me pousser dans le canal.

C'était incroyable cette faculté qu'il avait de passer de la gravité aux clowneries en une fraction de seconde ! se dit-elle, fascinée.

— Je ne t'en veux pas, s'empressa-t-il de préciser. Je comprends que tu aies été furieuse contre moi sur le moment. Mais raconte-moi. Comment as-tu appris ma véritable identité ?

— Je ne l'ai su que plus tard.

— Dans ce cas… pourquoi étais-tu en colère contre moi ? Je ne suis pas un homme très exigeant, *cara*, mais quand quelqu'un me pousse à l'eau, j'aime savoir pourquoi.

— Est-ce si important ? questionna-t-elle, amusée malgré elle par ses pitreries. J'imagine que Venise regorge de gens qui rêvent de te pousser à l'eau.

— Bien sûr. Pourtant, en général, ils parviennent à se contrôler.

Quel enchantement ce serait de vivre avec ce merveilleux fou ! songea-t-elle. Mais pour cela, il allait falloir éviter un certain nombre d'écueils…

— Ecoute-moi ! dit-elle d'un ton pressant. J'ai quelque chose à te dire.

— Dis-moi que tu m'aimes. Dis-moi seulement que tu m'aimes. Car tu m'aimes, n'est-ce pas ?

— Oui, je t'aime. Mais écoute-moi, c'est important…

— Que peut-il y avoir de plus important que notre amour ? Embrasse-moi…

De nouveau elle était dans ses bras, réduite au silence par un baiser passionné. Seigneur ! Comment résister à une telle fougue ? Elle lui avouerait tout dans un instant, se promit-elle. Un tout petit instant…

— C'est le café ? cria une voix depuis la terrasse.

— Apparemment, nous ne sommes pas seuls, marmonna Guido, pince-sans-rire. Nous allons devoir nous comporter en adultes civilisés, *carissima*. Cependant, il faut que nous nous revoyions très vite en tête à tête…

Il y eut un autre appel.

— C'est curieux, je reconnais cette voix, dit-il.

Il se dirigea vers la terrasse.

— Federico ! Que diable fais-tu ici ? Et Jenny ! Quel plaisir de te revoir !

Dulcie le suivit dans le salon et le trouva en train de serrer Jenny dans ses bras en riant. Puis il la relâcha brusquement.

— Vous vous connaissez ? questionna-t-il en les regardant tour à tour.

— Vaguement, se hâta de répondre Dulcie.

— Guido, mon ami, je voulais t'appeler pour te demander ton aide, intervint Federico.

— Vous ne semblez pourtant pas en avoir besoin, tous les deux. Je n'ai jamais vu deux amoureux aussi heureux.

— Peut-être, mais le père de Jenny ne veut toujours pas entendre parler de notre mariage. Il a même engagé un détective privé pour me suivre et me discréditer.

Guido eut un rictus méprisant.

— Un détective privé ? Quelle horreur ! Comment peut-on s'abaisser à exercer un métier aussi dégradant ?

— Il suffit d'avoir besoin de gagner sa vie. Ce détective privé, c'est moi, déclara Dulcie.

9.

Lentement, Guido se tourna vers elle.

— Je ne suis pas certain d'avoir bien compris, dit-il d'un ton dangereusement posé.

Il fallut tout son courage à Dulcie pour répéter :

— Ce détective privé, c'est moi.

— Mais Dulcie est de notre côté à présent, intervint Fede. Elle va nous aider.

— Je ne sais pas si Roscoe m'écoutera, mais je ferai tout ce qui est en mon pouvoir pour le gagner à votre cause, confirma-t-elle.

Apparemment très calme, Guido la fixait d'un air perplexe. Peut-être n'avait-il pas encore tout à fait compris. Ou peut-être préférait-il ne pas comprendre.

— Tu es... détective privé ?

— Oui.

— Et tu es venue ici pour... ?

— Roscoe était inquiet au sujet de Jenny. Il a cru qu'elle était la proie d'un coureur de dot. Mais il a tout mélangé. C'est un peu compliqué...

— Il a cru que je me faisais passer pour toi ! s'exclama Fede. Moi, futur comte de Calvani, tu imagines !

Il pouffa.

— Alors il a envoyé Dulcie pour me trouver, me séduire et m'éloigner de Jenny. Comme si c'était possible ! Seulement, — et c'est ça le plus drôle — elle t'a pris pour moi.

— C'est très drôle, en effet, murmura Guido.

Quelque chose en lui s'était éteint. Pas seulement dans ses yeux, mais dans tout son être.

Jenny essaya d'attirer l'attention de Fede, qui n'avait pas conscience de l'impact de ses révélations. Mais il ne remarqua pas les signes qu'elle lui adressait et continua sur sa lancée.

— En tout cas, Dulcie doit avoir beaucoup de talent. Il y a peu de gens capables de te duper, Guido.

— A vrai dire, jusqu'à aujourd'hui personne n'y était jamais parvenu.

Guido s'inclina pour baiser la main de Dulcie.

— Mes félicitations, *signorina*. C'était une magnifique mascarade. Vous avez joué votre rôle à la perfection jusqu'au dernier moment.

Il n'y avait ni colère ni condamnation dans ses yeux. Juste une immense tristesse. La mort dans l'âme, Dulcie s'enfonça les ongles dans la paume des mains. Si seulement elle avait eu le temps de lui avouer la vérité elle-même ! Mais non, il venait de l'apprendre de la pire manière possible…

— Peut-être devrais-tu attendre de connaître toute l'histoire, commença-t-elle prudemment. Il y a tant de choses que tu ne sais pas et que je dois t'expliquer.

— J'en sais suffisamment.

Sans lui laisser le temps de réagir, il se tourna vers Jenny avec un sourire rassurant.

— Nous allons trouver une solution à votre problème. Déjà, tu peux informer ton père que Fede n'est pas un imposteur. Cela devrait le rassurer.

— Tu ne le connais pas, répliqua Jenny en soupirant. Il est tellement entêté…

— Et de toute façon, il ne laissera jamais Jenny épouser un gondolier, même honnête, intervint Fede d'un ton lugubre. Quand il connaîtra la vérité, il voudra qu'elle t'épouse toi et devienne comtesse.

— Ne t'inquiète pas, répliqua Guido d'un ton léger. Je lui dirai que j'ai l'intention de rentrer dans les ordres. L'amour est trop compliqué pour moi.

Il se tourna vers Dulcie.

— Allez-vous nous faire l'honneur de nous révéler votre véritable identité ?

— J'ai utilisé mon vrai nom. Ce qui n'est pas le cas de tout le monde.

Mais il ne se laissa pas impressionner par ce reproche voilé.

— Vous n'allez tout de même pas avoir l'audace de comparer mon innocente supercherie avec la comédie ignoble que vous m'avez jouée ?

Elle ne trouva rien à répliquer.

— Que comptes-tu faire pour nous aider ? demanda Fede d'un air anxieux.

— Patience ! Même un génie de l'improvisation comme moi ne peut pas trouver une solution aussi rapidement, répliqua Guido avec autodérision.

— Alors c'est sans espoir, se lamenta aussitôt Fede.

— Pourquoi ne pas demander à Dulcie ? suggéra Guido. Après tout, l'intrigue est son métier, et de toute évidence elle excelle dans cet art.

— Ce n'est pas vrai ! protesta-t-elle.

— Vous vous sous-estimez, *signorina*. Vous avez le don des Vénitiens pour le simulacre. La plupart des étrangers ne l'acquièrent jamais. Chez vous, je pense qu'il est inné.

133

— Vous vous trompez, *signore*, rétorqua-t-elle en relevant le menton.

Enfin, elle retrouvait sa combativité ! se dit-elle, soulagée. Après tout, pourquoi se laisser abattre ? S'il voulait jouer à ce petit jeu, il allait trouver à qui parler.

— J'ai récemment pris des leçons auprès d'un maître.

— Si c'est à moi que vous faites allusion, mon élève m'a largement surpassé, murmura-t-il d'une voix si basse qu'elle seule l'entendit.

Leurs regards se croisèrent et Dulcie fut atterrée par la détresse qu'elle lut dans les yeux turquoise. Apparemment, ce n'était pas la colère qui dominait en lui. Il semblait complètement désemparé…

Détournant la tête, il se leva, embrassa Jenny sur la joue et serra la main de Federico.

— Ne vous inquiétez pas, je trouverai une solution. Quant à vous, *signorina*…

Il revint vers elle et s'inclina d'un air faussement respectueux.

— Cette discussion est passionnante, mais à présent, je dois m'en aller. J'ai inexplicablement négligé mon travail ces derniers temps, et vu le retard accumulé, je vais être très occupé.

Il partit sans attendre de réponse. De toute façon, qu'aurait-elle pu dire à un homme si impatient de la fuir ? se demanda Dulcie, la mort dans l'âme.

A la fabrique de souvenirs, sur l'île de Murano, le retour de Guido fut accueilli avec un soulagement qui laissa vite place à une perplexité inquiète. Chef d'entreprise exigeant, Guido avait cependant toujours dirigé ses employés dans la bonne humeur. Plein d'humour et ouvert à la discussion, il faisait régner dans les bureaux comme dans les ateliers une excellente ambiance. Mais cette époque semblait révolue. S'il restait courtois, il n'était plus question de plaisanter avec lui.

Le surlendemain de leur entrevue au Vittorio, Dulcie décida d'aller le trouver. Après s'être renseignée à l'accueil, elle trouva son bureau au dernier étage. Derrière la porte vitrée, elle vit Guido en grande discussion avec un homme d'un certain âge. Ce dernier l'aperçut et donna un coup de coude à Guido, qui leva les yeux.

A la vue de son visage, Dulcie fut effarée. Grands dieux ! Quelle mine épouvantable ! Il avait les traits tirés et arborait une expression lugubre. Comme s'il n'avait pas dormi depuis des siècles et ne savait plus sourire...

Dès qu'il la vit, il baissa les yeux. Il allait refuser de la recevoir ! se dit-elle avec anxiété. Mais à son grand soulagement, il lui fit signe d'entrer.

Elle nota l'ordinateur, le fax, les piles de dossiers, les murs couverts de diagrammes. Ainsi, c'était là qu'il travaillait...

— Que fais-tu ici ? questionna-t-il sans préambule. Je pensais que tu avais quitté Venise.

— Tu sais bien que non, puisque tu m'as entendue frapper à ta porte, hier soir. J'ai frappé un long moment avant de m'en aller.

— Je trouvais que le lieu était mal choisi pour une explication.

Il plongea son regard dans le sien comme pour la défier d'oublier les jours heureux qu'ils avaient passés ensemble dans le petit appartement. Puis il détourna les yeux et se mit à arpenter la pièce en prenant soin de ne jamais s'approcher d'elle.

— Cependant, je suis content que tu sois venue me voir.

— Vraiment ?

Il y avait donc un espoir ! songea-t-elle, le cœur battant.

— Oui. Après tout, il est normal que nous nous disions adieu convenablement.

Son air distant irrita Dulcie.

— Je te dirai adieu quand je serai prête ! J'ai encore beaucoup de choses à te dire.

— Es-tu vraiment obligée de venir me narguer ? Savourer ta victoire en silence ne te suffit pas ?

— Comment peux-tu imaginer que je savoure ma victoire ? Je n'ai jamais eu l'intention de te duper.

— Vraiment ? Pourtant, j'ai cru comprendre que tu étais venue à Venise avec un objectif bien précis en tête.

— Mais ça n'avait rien à voir avec toi !

— Ah, oui, j'avais oublié ! Ton but était de gâcher la vie de mon ami, pas la mienne. Ce qui change tout, bien sûr...

— J'avais pour mission de protéger Jenny contre un coureur de dot.

— Un coureur de dot qui n'a jamais existé !

— Mes informations étaient erronées, reconnut-elle. Cependant, je n'y suis pour rien. C'est Roscoe qui me les avait fournies.

Guido arrêta de faire les cent pas et lança avec véhémence :

— Quel genre de femme es-tu pour accepter ce genre de travail ? Ça t'amuse ?

— Pas du tout. Mais j'ai besoin de gagner ma vie. Je n'ai pas un sou. C'est Roscoe qui a tout financé.

Il la considéra avec un rictus qui pouvait passer pour une esquisse de sourire.

— Comme pour une représentation théâtrale, murmura-t-il d'un air songeur. Décor et costumes fournis par Roscoe Harrison. Scénario de… ? Est-ce toi qui en es l'auteur ?

— Ça ne s'est pas passé comme ça…

— Réponds-moi !

Il n'y avait plus aucune trace en lui de l'homme enjoué qui l'avait tant charmée, songea-t-elle avec nostalgie. Jamais elle n'aurait cru qu'il puisse se montrer aussi implacable.

— Réponds-moi, insista-t-il. Dans quelle mesure ce qui s'est passé entre nous a-t-il été planifié ?

— Je suis venue pour trouver Federico. Je pensais que c'était toi, à cause de cette photo.

Elle lui montra le cliché.

Il arqua un sourcil sardonique.

— Et quand tu m'as repéré, tu as jeté ta sandale dans la péniche intentionnellement ?

— Oui, admit-elle, au comble du désespoir.

Le cœur battant, elle l'observa. Comment allait-il réagir ? Il était devenu tellement imprévisible qu'il fallait s'attendre à tout.

Dans un premier temps, il ne broncha pas. Puis tout à coup, il éclata de rire. D'abord soulagée, Dulcie perçut bientôt dans ce rire une note grinçante qui lui déchira le cœur.

— Quand je pense que j'ai cru à un signe du destin ! lança-t-il avec dérision. Tu peux te vanter de m'avoir bien eu !

— Mais je ne suis pas la seule en cause ! s'écria-t-elle avec indignation. Quand je t'ai appelé Federico, pourquoi n'as-tu pas rectifié mon erreur ?

— J'ai oublié, répondit-il froidement.

— Comment peux-tu imaginer que je vais te croire ?

— Crois ce que tu veux, mais surtout, comprends qu'il est préférable que tu partes d'ici pour ne jamais revenir.

— Je ne suis pas encore prête à m'en aller.

— C'est regrettable, parce que je ne pense pas que Venise soit assez grande pour nous deux.

Soudain, des coups furent frappés à la porte et, sans attendre d'y être invitée, une femme d'un certain âge, visiblement débordante d'énergie, fit irruption dans la pièce. Elle se lança dans une tirade dont Dulcie ne comprit pas un mot. Guido lui adressa un bref sourire et répondit laconiquement. Quelques secondes après, elle revint dans la pièce, suivie de deux jeunes filles portant des cartons remplis de masques.

— Non, pas maintenant…, dit Guido.

Mais sa protestation fut étouffée par le bruit des commentaires enthousiastes des trois femmes.

— Notre nouvelle collection, expliqua-t-il à Dulcie d'un ton las. Toutefois le moment est mal choisi… Oh, et puis peu importe !

Les masques étaient tous magnifiques. Guido les admira consciencieusement, puis, tout en restant très aimable, parvint à chasser rapidement ses employées de son bureau.

— Arlequin, dit Dulcie en prenant un masque de satin noir, orné de plumes multicolores. Et celui-ci…

Elle en brandit un autre en satin pourpre doté d'un long nez.

— Pantalon, le marchand. Je me souviens de ce que tu m'as appris, murmura-t-elle.

— J'ai omis certains détails. A propos de Colombine, par exemple.

— Tu m'as dit qu'elle était charmante, vive, intelligente, et qu'elle savait apprécier les plaisirs de la vie.

— J'ai également précisé qu'elle était dissimulatrice. Elle tourmente Arlequin, l'attire dans des pièges, et se moque de lui parce qu'il est assez idiot pour lui faire confiance.

Malgré son ton léger, sa souffrance était presque palpable, constata Dulcie, accablée. Si seulement elle pouvait se jeter dans ses bras et le réconforter en lui avouant à quel point elle l'aimait ! Mais jamais elle n'oserait...

— Tu as affirmé que je n'étais pas comme elle, lui rappela-t-elle à mi-voix.

Il eut un sourire triste.

— Je me trompais. Tu estimes que je suis injuste parce que je t'ai menti moi aussi. Ça n'a pourtant rien à voir. Tu avais mis au point ta petite comédie avant même de venir ici. Alors que si je t'ai laissée croire que j'étais gondolier, c'est à cause d'une impulsion à laquelle j'ai eu la faiblesse de céder. C'était stupide, certes, mais absolument pas prémédité. Si j'ai agi ainsi, c'est parce que... Oh, peu importe.

— Non, explique-moi ! supplia-t-elle.

Visiblement, il était sur le point de lui faire une confidence primordiale. Il fallait absolument qu'il aille jusqu'au bout.

Il secoua la tête.

— Ça ne fait plus aucune différence, à présent. A mon grand regret, d'ailleurs. Mais c'est ainsi. Va-t'en, Dulcie. Il n'y a rien de plus mort qu'un amour mort. Par pitié, va-t'en ! répéta-t-il avec véhémence.

Seigneur ! Jamais elle ne parviendrait à le fléchir ! Il était si fermé, si buté ! Impossible d'imaginer que c'était l'homme qui l'avait tant fait rire. Il semblait avoir pris dix ans en vingt-quatre heures...

La sonnerie stridente du téléphone retentit et il décrocha d'un geste impatient. La mort dans l'âme, Dulcie se dirigea lentement vers la sortie. Elle avait perdu. Inutile d'insister.

Mais le cri de Guido l'arrêta.

— Fede !

Elle se retourna aussitôt.

— Que se passe-t-il ? questionna-t-elle avec un mauvais pressentiment.

Guido parlait en vénitien. Dulcie reconnut « Jenny », puis « Fede » répété à plusieurs reprises, comme si Guido essayait de calmer le jeune homme. Elle distinguait le son grêle d'une voix dans le combiné. De toute évidence, Fede était dans tous ses états.

— Que se passe-t-il ? demanda-t-elle de nouveau quand Guido raccrocha.

Il s'empara de sa veste, accrochée au portemanteau.

— Viens, dit-il en la saisissant par le bras. Il faut se dépêcher.

Une fois dehors, il l'entraîna sur le quai, vers une vedette dans laquelle attendait un pilote. Guido sauta à bord en criant un ordre, l'aida à embarquer, et presque aussitôt, le bateau s'élança sur la lagune, dans une gerbe d'eau. Guido dut crier pour couvrir le bruit du moteur.

— Ton employeur est arrivé !

— Roscoe ?

— Oui. Jenny a réussi à téléphoner à Fede. Il faut agir vite. Son père veut la ramener en Angleterre.

— As-tu un plan ?

— Je suis en train d'en élaborer un en ce moment même. D'abord, il faut que nous arrivions ensemble à l'hôtel. Pour ouvrir les yeux à cet homme, j'ai besoin que tu sois là.

— Tiens, Arlequin a donc parfois besoin de l'aide de Colombine ? demanda-t-elle d'un ton désabusé.

— Il arrive souvent qu'il ne puisse pas s'en sortir sans elle. C'est le moment de décider de quel côté tu te ranges.

— Je suis du côté de Jenny, bien sûr.

Guido cria quelque chose au pilote, et le bateau prit encore de la vitesse, si bien que toute discussion devint impossible.

Bientôt, ils atteignirent le Grand Canal et durent terminer le trajet à vitesse réduite.

— Nous ne pouvons pas aller plus vite ? interrogea Dulcie.

— Non, c'est interdit. Nous arrivons.

En l'aidant à débarquer, il déclara :

— C'est le moment d'exercer tes talents de comédienne.

— Mais quel est le scénario ? demanda-t-elle avec anxiété sans relever le sarcasme.

— Il va falloir improviser.

Il l'entraîna à travers le hall puis dans l'ascenseur.

— Et c'est toi qui vas mener le jeu, poursuivit-il. Tu connais cet homme, moi pas. Je te suivrai.

Dulcie prit une profonde inspiration. Pas le temps de discuter. La porte de l'ascenseur s'ouvrait déjà... Quelques secondes plus tard, ils étaient devant la porte de la suite. Apparemment, une discussion animée était en cours...

Guido jeta à Dulcie un coup d'œil interrogateur.

— Allons-y, dit-elle en ouvrant les deux battants avec détermination.

Trois paires d'yeux effarées se tournèrent vers eux. Puis Jenny courut vers Dulcie avec une moue suppliante, tandis que Fede se précipitait vers Guido en déversant un flot ininterrompu de paroles en vénitien. Dulcie regarda Roscoe. Le visage écarlate, ce dernier pointa un index menaçant sur Fede en hurlant :

— J'exige de savoir qui est cet homme !

— C'est Fede ! protesta Jenny.

— Bien sûr que non ! rugit Roscoe.

— Bien sûr que si ! lança Guido sur le même ton.

— Vous...

Roscoe faillit s'étrangler.

— C'est vous qui êtes la cause de toute cette pagaille !

L'espace d'un instant, l'esprit de Dulcie se vida. La bouche sèche, l'estomac noué, elle était incapable de parler et encore moins de réfléchir. Mais soudain, le brouillard se déchira. Se reprenant, elle parvint à déclarer avec une assurance qu'elle était loin de ressentir :

— Monsieur Harrison. Permettez-moi de vous présenter Guido Calvani, neveu du comte Francesco de Calvani, dont la famille est très liée à la mienne.

Cette précision calma instantanément Roscoe. Parfait. C'était bien ce qu'elle avait espéré, se dit-elle avec soulagement. Mais la représentation ne faisait que commencer. Il fallait enchaîner immédiatement.

— C'est seulement après mon arrivée ici que j'ai découvert ce lien. Il se trouve que ma grand-tante, *lady* Harriet, a très bien connu l'oncle de Guido, si vous voyez ce que je veux dire...

Elle esquissa un sourire coquin du plus bel effet.

— Et je dois avouer que j'ai été profondément touchée par l'accueil que m'a réservé le comte. Le dîner auquel il m'a conviée hier soir au Palazzo Calvani restera gravé dans ma mémoire.

Apparemment, elle venait de faire mouche une deuxième fois, constata-t-elle avec satisfaction. Sur le visage de Roscoe, la colère laissait progressivement la place à un vif intérêt. Heureusement qu'elle savait à quel point il était snob...

Prenant le relais, Guido salua Roscoe avec une solennité caricaturale, qui sembla ravir ce dernier.

— Cher comte...

— Futur comte, seulement, rectifia Guido. Et j'espère que cette situation durera le plus longtemps possible.

— Ainsi, c'est vous qui jouiez la sérénade pour ma fille...

— Oui, mais sous le regard attentif de son véritable chevalier servant, s'empressa de préciser Guido en poussant Fede en avant. Je crois que vous avez déjà fait la connaissance de mon ami, Federico Lucci, qui a la chance d'avoir gagné le cœur de Jenny.

— Mais vous…

D'un air ahuri, Roscoe regarda tour à tour Guido et Fede.

— Vous… non, attendez…, bredouilla-t-il.

Tout à coup, Dulcie eut une inspiration.

— Monsieur Harrison, il va falloir que nous discutions de ce problème au plus vite, déclara-t-elle d'un ton agressif. Comment voulez-vous que je travaille correctement si vous me communiquez des informations fantaisistes ?

Roscoe resta bouche bée pendant quelques secondes.

— Je…

— Vous m'avez certifié que l'homme à la mandoline était Federico Lucci. J'ai donc agi en conséquence, tout ça pour découvrir, au bout d'une semaine de travail, qu'en réalité « Fede » était l'autre homme. Si bien que j'ai gaspillé mon temps et votre argent. Gaspillage dont vous êtes entièrement responsable.

— D'accord, d'accord. Peut-être ai-je commis une erreur, admit Roscoe d'une voix apaisante. Mais nous n'avons quand même pas complètement perdu notre temps. Nous avons établi que ce Fede n'est pas un aristocrate.

— Etant donné qu'il n'a jamais prétendu l'être, ce n'est pas une grande découverte, commenta Dulcie d'un ton dédaigneux. Pourrions-nous laisser tomber toutes ces sottises, à présent ? Vous avez la preuve que l'homme que votre fille veut épouser n'est pas un escroc et qu'il l'aime d'un amour sincère. Que vous faut-il de plus ?

Contrairement à son habitude, Roscoe semblait hésitant. Son esprit un peu lent avait saisi que Guido était un vrai « aristo », donc une relation à cultiver, et que Fede était son ami. Se montrer hostile à Fede sans offenser Guido aurait demandé des trésors de diplomatie qu'il était conscient de ne pas posséder. Il resta silencieux, rageant intérieurement.

Ayant cerné le personnage, Guido décida d'exploiter lui aussi le snobisme de l'homme d'affaires.

— Je sais que mon oncle ne me pardonnerait pas de ne pas vous inviter au bal masqué qu'il donne la semaine prochaine au Palazzo Calvani, déclara-t-il d'une voix suave. Nous comptons sur votre présence ainsi que sur celle de votre fille.

Roscoe n'hésita pas une seconde.

— C'est très généreux de votre part, répliqua-t-il pompeusement. Nous sommes très honorés. N'est-ce pas, ma chérie ?

Après avoir manifesté sa satisfaction à Roscoe avec grandiloquence, Guido murmura à Dulcie :

— *Brava* ! Une fois de plus, Colombine a été brillante. Tu l'as manipulé avec brio.

— Il commence à me taper sérieusement sur les nerfs, rétorqua-t-elle.

Roscoe s'approcha de Guido.

— Dites à votre oncle que je vais aller lui rendre visite aujourd'hui même. Je tiens absolument à le remercier personnellement.

— Mon oncle est absent pour quelques jours, s'empressa de répondre Guido. Mais il sera ravi de faire votre connaissance au bal.

Puis il se tourna vivement vers Dulcie. Il n'allait pas supporter plus longtemps les courbettes de cet homme...

144

— Je crois savoir que vous serez présente, *signorina*, dit-il d'une voix forte en s'inclinant devant elle. Ce sera un grand plaisir de vous voir. A présent, je dois vous quitter. Viens, Fede.

— Mais je...

— Viens, insista Guido entre ses dents. Par pitié, mon ami, pars pendant que tu as l'avantage.

10.

Au cours des jours suivants, les nerfs de Dulcie furent mis à rude épreuve.

Roscoe s'installa dans la suite, prenant possession de la seconde chambre, si bien qu'elle dut partager la sienne avec Jenny. Dans la journée, il insistait pour visiter la ville, très fier d'avoir pour guide lady Dulcie Maddox.

Il exigea un rapport détaillé de son dîner au *palazzo*, l'interrompant sans cesse pour s'enquérir des subtilités de l'étiquette à respecter dans la demeure d'un comte.

— Ce n'est pas parce que je suis un self-made-man que je dois me comporter comme un rustre, fit-il valoir le plus sérieusement du monde.

Dulcie lui assura que personne ne le prendrait pour un rustre.

Quant à Guido, elle n'eut qu'une seule fois de ses nouvelles. Il lui téléphona pour l'informer d'une voix dénuée de toute chaleur qu'ils devaient louer les déguisements pour le bal masqué dans une boutique de la Calle Morento. Jenny devait choisir un costume de Colombine, précisa-t-il.

— N'est-ce pas plutôt à moi que revient ce rôle ? questionna-t-elle avec une ironie désabusée.

— En aucun cas. Ils ont un choix très vaste et je suis sûr que tu trouveras une tenue appropriée, mais surtout pas

Colombine. Dis simplement à Jenny que si tout se passe bien, après le bal, Fede et elle seront définitivement réunis.

— Tu envisages de préparer leur fuite ?

— Mon projet est plus ambitieux, mais pour qu'il ait une chance d'aboutir, il faut suivre mes instructions à la lettre.

— Y a-t-il un rôle pour moi ?

— Oui, et je suis certain que tu le joueras à la perfection le moment venu.

« Mais tu ne me fais pas suffisamment confiance pour me confier ton plan maintenant », songea-t-elle avec tristesse.

— Emmène Jenny dans cette boutique et suis les conseils de la vendeuse. Elle sait ce dont vous avez besoin.

— Je suppose que tu as des liens avec la boutique en question ?

— Elle m'appartient, répliqua-t-il, visiblement surpris.

— Bien sûr.

Ce fut son unique contact avec lui. Il ne chercha pas à la voir. Mais pas question de faire un geste à son égard, décida-t-elle. Ce n'était pas pour lui qu'elle était restée à Venise. C'était pour aider Jenny et Fede. Rien de plus.

Elle poussa un profond soupir. Quel gâchis ! Comment les liens si précieux qui s'étaient noués entre eux avaient-ils pu se défaire aussi facilement ? Mais il y avait plus difficile à croire encore. Comment le merveilleux fou si attentionné et plein d'humour qui l'avait soignée et protégée pouvait-il ne faire qu'un avec l'homme sévère et intransigeant qui la jugeait si durement aujourd'hui ?

Pourtant, il lui avait menti, lui aussi. Pourquoi lui avait-il laissé croire qu'il s'appelait Federico et qu'il était gondolier ? Quelle était cette impulsion à laquelle il avait obéi ? Pourquoi n'avait-il pas voulu s'expliquer là-dessus ?

Oh, Seigneur ! Dire qu'elle s'était crue malheureuse quand Simon l'avait quittée ! Aujourd'hui, cette soi-disant souffrance reprenait ses justes proportions. Simon n'était qu'un petit escroc et dès leur rupture, alors même qu'elle se croyait au fond du malheur, elle avait été secrètement soulagée d'en être débarrassée.

Mais Guido… Comment pourrait-elle être soulagée de ne plus le voir ? Elle était tombée éperdument amoureuse de lui au cours de ses merveilleuses journées qu'ils avaient passées ensemble. C'était l'homme de sa vie. Elle le savait. Si seulement les circonstances avaient été différentes ! Ils auraient pu prendre un tel plaisir à se découvrir mutuellement. Ils auraient pu y consacrer leur vie entière…

Aujourd'hui, ce bonheur inouï était parti en fumée et elle ne parviendrait jamais à fléchir l'homme qu'il était devenu. Elle ne le reconnaissait pas. Ce nouveau Guido, cassant, intransigeant, lui rappelait plus cruellement encore tout ce qu'elle avait perdu.

Suivant ses instructions, elle emmena Jenny dans la boutique de location de costumes. Roscoe, qui avait tenu à les accompagner, opta pour un costume de Henry VIII incrusté de joyaux. Il tenta de convaincre Dulcie de se déguiser en Anne Boleyn, mais elle résista vaillamment. En fin de compte, il lui imposa Cléopâtre. Ce qui était peut-être encore pire…, se dit-elle avec fatalisme.

Jenny vécut tous ces préparatifs dans un profond abattement. Elle suivait les instructions de Guido transmises par Dulcie, mais sans conviction. Depuis l'arrivée de son père, toute sa joie de vivre semblait s'être évanouie. En dépit de ses bouffées de rébellion, son père gardait sur elle une emprise certaine. De temps en temps, elle parvenait à téléphoner à Fede en cachette, mais leurs conversations étaient généralement écourtées.

148

— Tiens tête à ton père, l'encouragea Dulcie un soir. Dis-lui que tu vas épouser Fede et que c'est sans appel.

— Ce n'est pas aussi facile que tu sembles le suggérer, dit Jenny en soupirant.

— Mais si !

— Pour toi, peut-être. Tu n'as peur de rien ni de personne.

Pourtant, si la jeune femme avait su à quel point l'avenir l'effrayait…, songea Dulcie avec désespoir.

— Que puis-je faire, Dulcie ? se lamenta Jenny. Papa ne me quitte pas d'une semelle. Je n'arrive pas à voir Fede, et il est impossible d'avoir une conversation normale au téléphone.

— Ecris-lui une lettre. Je la lui porterai.

— Tu ferais ça pour moi ? Oh, merci !

— Ecris-la tout de suite. Est-ce qu'il travaille ce soir ?

— Je ne sais pas, répondit Jenny en cherchant fébrilement un stylo. Mais je vais te donner l'adresse de ses parents.

Cinq minutes plus tard, la lettre était sous enveloppe et Dulcie s'apprêtait à quitter la suite.

— Où allez-vous ? tonna Roscoe qui sortait de sa chambre. C'est l'heure du dîner.

— Je vous rejoindrai plus tard. J'ai une course à faire.

— Ne tardez pas.

Elle dut consulter un plan pour repérer la minuscule Calle Marcello. La nuit tombait et des lumières brillaient dans les épiceries encore ouvertes et aux fenêtres des maisons.

Dans la ruelle, elle faillit dépasser le numéro 36. La porte, plongée dans l'obscurité, était facile à manquer. Soudain intimidée, elle eut un moment d'hésitation avant de frapper. De l'intérieur provenaient des rires joyeux. Elle frappa.

Ce fut Guido qui ouvrit.

Pendant un instant, ils se fixèrent, cloués sur place. Aucun signe de pardon sur son visage, constata Dulcie, le cœur serré. Uniquement une stupeur qui égalait visiblement la sienne.

— Je suis venue voir Fede, dit-elle en s'efforçant de reprendre ses esprits. Est-il là ?

— Bien sûr, répondit-il d'une voix égale en s'écartant pour la laisser entrer.

— Qui est-ce ? cria une voix féminine depuis les profondeurs de la maison.

Une seconde plus tard, une femme plantureuse, d'âge moyen, faisait son apparition dans le couloir. Son visage, rougi par la chaleur des fourneaux, était fendu d'un large sourire.

— *Ciao* ! lança-t-elle.

— Cette dame est anglaise, Maria, dit Guido. Elle veut voir Fede.

— Ah, ah ! Vous connaissez mon fils.

— Un peu, répondit Dulcie. J'ai une lettre à lui remettre de la part de Jenny.

Maria poussa un cri de ravissement.

— Vous êtes donc une amie ! Je suis Maria Lucci.

— Et moi, je suis Dulcie, répliqua-t-elle d'une voix étranglée, tandis que la mère de Fede la serrait dans ses bras.

— *Si*. Je connais. Lady Dulcie.

— Non. Juste Dulcie.

Maria hurla :

— *Fede* !

Puis elle déclara :

— Nous allons passer à table. Vous dînez avec nous.

— Oh, non, je ne veux pas vous gêner !

Dulcie était aux cent coups. La présence de Guido, silencieux et fermé, était un véritable supplice !

150

— Je vais juste donner la lettre à Fede et repartir, ajouta-t-elle.

— Non, non, vous dînez avec nous, insista Maria.

Puis elle quitta la pièce d'un pas lourd en criant quelque chose en vénitien.

— Tu ne peux pas refuser, intervint Guido. Ce serait un affront.

Elle releva le menton.

— Mais toi, tu préférerais que je m'en aille, n'est-ce pas ?

— Nous ne sommes pas chez moi, éluda-t-il d'un ton glacial.

Dulcie baissa la tête. C'était sans espoir.

Fede arriva en courant.

— Maman dit que vous avez un message pour moi !

Dulcie lui tendit l'enveloppe. Il lut la lettre, le visage resplendissant de joie, puis embrassa le papier. Ensuite, il embrassa Dulcie.

— *Grazie, grazie, carissima Dulcie.*

Il jeta un coup d'œil furtif à Guido.

— Je l'embrasse comme un frère... tu ne m'en veux pas...

— Pas le moins du monde.

Le sourire de Guido trompa tout le monde sauf Dulcie. Elle percevait la moindre nuance de son attitude, constata-t-elle, de plus en plus abattue. Ses manières courtoises n'étaient qu'un des nombreux masques derrière lesquels il se protégeait.

— A table ! cria Maria qui revenait de la cuisine avec une énorme marmite.

— Je ne peux pas, protesta Dulcie.

— Maria va être très blessée si tu n'acceptes pas son invitation, insista Guido sans se départir de sa froideur.

— Mais M. Harrison m'attend…

C'était la pire excuse qu'elle pouvait lui donner, se dit-elle aussitôt.

Guido eut une moue désabusée.

— Ton employeur te siffle et tu accoures. Oui, monsieur, à vos ordres, monsieur. Voulez-vous que je brise une autre vie pour vous, monsieur ?

— Je n'ai brisé aucune vie.

— Qu'en sais-tu ?

Ce fut un cri rauque, déchirant. Dulcie en fut tétanisée. Souffrait-il donc à ce point ? Avait-elle vraiment brisé sa vie ?

— Guido…

Elle tendit la main, mais au même instant, Maria les appela depuis le jardin.

Il saisit le bras de Dulcie, avec douceur mais fermeté. Son geste était totalement dénué de chaleur, nota-t-elle.

Il l'entraîna dans un petit jardin au milieu duquel étaient dressées deux longues tables, décorées de bouquets de fleurs, et de petites bougies qui éclairaient les visages des membres du clan Lucci. Dulcie tenta de mémoriser tous les prénoms au fur et à mesure des présentations. Celui du père, de ses deux frères, de ses trois fils, de sa fille, du mari de celle-ci et de divers enfants. Mais bien avant la fin de la longue liste, elle avait perdu le fil.

A sa grande confusion, elle fut accueillie comme une héroïne par toute l'assemblée. Visiblement, elle était considérée comme l'amie de Fede, qui faisait tout son possible pour arranger les choses avec le père de Jenny. S'ils savaient…, songea-t-elle, penaude. Mais impossible de rétablir la vérité. Elle allait devoir subir stoïquement toutes ces louanges.

152

Fede était assis à un bout de la table. Il se leva et la prit par la main pour la faire asseoir à sa droite. Guido prit place en face d'elle.

— Dites-moi comment va Jenny, questionna Fede d'un ton anxieux. La séparation lui est-elle aussi pénible qu'à moi ?

Elle le rassura du mieux qu'elle put en lui certifiant que la jeune fille souffrait cruellement de ne plus le voir, mais que celle-ci trouverait le courage de survivre.

— *Grazie* ! s'écria-t-il. Avec des amis comme vous et comme Guido, je sais que tout espoir n'est pas perdu.

— Sois prudent, Fede, intervint Guido d'un ton mordant. As-tu oublié que Dulcie était venue ici pour te démasquer ?

— Pas du tout…, protesta-t-elle.

— Ne vous inquiétez pas, s'empressa d'intervenir Fede, je sais que vous aviez de bonnes intentions. A présent vous êtes de notre côté, c'est tout ce qui compte.

Il donna une tape à Guido sur l'épaule.

— Oublie tout ça.

— Tout le monde n'est pas aussi magnanime et généreux que vous, Fede, déclara Dulcie, prise d'une impulsion subite. Jenny a beaucoup de chance d'avoir rencontré un homme aussi compréhensif.

— Non, non. C'est moi qui ai de la chance. Dulcie, puisque nous sommes amis, pourrions-nous nous tutoyer ?

— Bien sûr. Et ne t'inquiète pas. Quand deux personnes s'aiment vraiment, elles finissent toujours par se retrouver. Quand on le veut vraiment, l'amour est plus fort que tout.

Guido l'écoutait-il ? se demanda-t-elle. Comprenait-il le message qu'elle tentait de lui adresser ? Levant les yeux, elle croisa son regard. Malheureusement, la lueur des bougies projetait des ombres sur son visage. Impossible de déchiffrer son expression...

Les plats se succédèrent interminablement : pasta, poisson, feuilletés, viande, fromage, gâteaux. Dulcie mangea avec appétit, ce qui lui valut l'approbation de tout le monde, Guido inclus.

— Peux-tu dire à Jenny que je l'attendrai demain soir ? supplia Fede.

— Vas-tu au bal ?

— Pas officiellement, intervint Guido. Mais il sera là.

— Guido a promis de tout arranger, avec ton aide, précisa Fede. Demain, à cette heure-ci, tous nos problèmes seront résolus.

Sur ces mots, il se leva d'un bond pour aider sa mère à débarrasser la table.

— Quelles promesses extravagantes lui as-tu faites ? demanda Dulcie à Guido en se penchant au-dessus de la table. Tout sera donc réglé demain soir ?

Il se glissa sur le siège de Fede.

— Ce ne sont pas des promesses extravagantes. Ce que je promets, je le tiens toujours.

— Rappelle-toi qu'Arlequin n'est pas aussi malin qu'il le pense. Il lui arrive souvent de se montrer trop présomptueux et de provoquer des catastrophes.

— Pas quand Colombine le surveille. Elle l'aide à retomber sur ses pieds.

— Ne compte pas sur Jenny.

— Ce n'est pas à Jenny que je fais allusion.

— Mais je serai Cléopâtre ! La vendeuse ne te l'a pas dit ?

— Si. Excellent choix. La perruque et le masque cachent entièrement le visage. Roscoe ne s'apercevra jamais que ce n'est plus toi qui les portes.

— Et que porterai-je ?

— Tu n'as pas encore deviné ? Au bout d'un moment, tu vas t'esquiver pour te déguiser toi aussi en Colombine.

— C'est insensé !

— Assez insensé pour réussir.

Il était penché vers elle et son souffle lui caressait le visage. Ses yeux brillaient. Il ne lui avait toujours pas pardonné, mais de toute évidence, il était aussi troublé qu'elle par ce tête-à-tête. Les autres convives s'étaient écartés discrètement, émus par ces deux amoureux perdus dans leur monde.

Guido lui prit la main. Constatant qu'il tremblait, Dulcie fut submergée par une profonde mélancolie. Dans quelques heures, elle l'aurait perdu à jamais, à moins de trouver un moyen de faire tomber la barrière qu'il avait érigée entre eux. Et malheureusement, elle avait le sentiment confus que cet objectif était encore loin d'être atteint. Certes, il semblait avoir un moment de faiblesse, mais il ne fallait pas oublier que son entêtement finissait toujours par reprendre le dessus…

Raison de plus pour relever le défi, décida-t-elle, retrouvant soudain le goût du risque que lui avait légué son père. Ce n'était pas le moment de se lamenter sur la désolation que serait sa vie quand elle l'aurait perdu. Il fallait faire en sorte de le garder.

Rassemblant tout son courage, elle se pencha vers lui et posa ses lèvres sur les siennes. Il tressaillit, puis se raidit. Mais sa résistance ne fut qu'éphémère. Quelques secondes plus tard, il se rendait. Oh, quel bonheur ! Elle avait eu raison de jouer. Elle remportait la mise !

Guido luttait désespérément. Son cerveau lui intimait de mettre fin à ce baiser, cependant il était incapable d'obtempérer. Elle l'avait pris par surprise et avait gagné la première manche.

— Arrête, murmura-t-il contre ses lèvres.

— Toi, arrête. Dis-moi que tu ne m'aimes pas.

— Je ne…

— Menteur, coupa-t-elle.

Elle s'écarta légèrement, mais fut freinée par la main de Guido, posée sur sa nuque. Les yeux de celui-ci étincelaient de ressentiment. Il lui en voulait manifestement de pouvoir ainsi se jouer de lui. Mais il retenait tout de même son visage tout près du sien… Comme dans un songe, elle entendit vaguement les applaudissements de la famille Lucci. S'ils savaient ce que cachait ce baiser ! songea-t-elle tristement. Contrairement aux apparences, un duel implacable se déroulait devant leurs yeux. Une lutte sans merci.

Elle approcha ses lèvres des siennes.

— Ne fais pas ça, Dulcie.

— Si. Tu ne me repousseras pas devant tout le monde.

— N'en sois pas si sûre.

— Tu oublies que je descends d'une longue lignée de joueurs.

— Les chances sont toutes en ma faveur. Tu ne peux pas gagner, Dulcie.

— Si tu m'aimes, je ne peux pas perdre.

— Je ne t'aime pas.

— Tu mens.

— Que veux-tu de plus ? Tu as déjà eu ta victoire. Tu m'as mené en bateau, tu t'es bien payé ma tête. Tu as réussi ta mission, en quelque sorte. Contente-toi de ça et laisse un peu de dignité à ta victime.

— Qu'importe la dignité ! Vois comme je mets la mienne en péril. Que suis-je censée faire après le bal, Guido ? M'en aller dans la nuit et passer le reste de ma vie en chérissant

156

le souvenir d'un homme trop stupide pour croire à son amour ? Ce n'est pas dans ma nature.

— Comment le saurais-je ? rétorqua-t-il avec une hargne rentrée. Tu as toujours usé de faux-semblants avec moi.

— Pourquoi n'essaies-tu pas de découvrir ma vraie nature ?

— Pour te donner encore une fois l'occasion de te jouer de moi ?

A peine eut-il fini de prononcer ces mots que ses lèvres se posèrent sur celles de Dulcie. De toute évidence, il se laissait submerger tour à tour par la colère et l'amour. Indécis, il oscillait entre les deux. Eh bien, elle allait l'aider à faire le bon choix... Avec une ardeur qu'elle ne se connaissait pas, elle approfondit leur baiser.

L'espace d'un instant, elle crut qu'il allait résister, mais il succomba sans même essayer. Passant un bras tremblant autour de ses épaules, il l'attira contre lui et lui rendit son baiser avec une passion sauvage dans laquelle affleurait toujours la colère. Il n'était pas seulement furieux contre elle, devina-t-elle. Il s'en voulait également de ne pas avoir le courage de la repousser.

Des cris d'encouragement fusèrent autour d'eux, mais ils ne les entendirent ni l'un ni l'autre. Le cœur de Dulcie battait à tout rompre. Que Guido le veuille ou non, il l'aimait !

Son téléphone portable sonna.

Elle lâcha en anglais un mot indigne d'une fille de comte.

Guido s'écarta vivement, comme atteint par une balle. Le souffle court, il la fixa d'un air égaré. Dulcie éteignit son téléphone sans répondre. Mais il était trop tard. La magie de l'instant avait disparu.

— Tu ne réponds pas à ton employeur ? lâcha Guido d'un ton sarcastique. Il ne va pas être content.

Dulcie tremblait de frustration. Pourquoi avait-il fallu que tout soit gâché au dernier moment ? Des larmes emplirent ses yeux, mais elle les refoula. Pas question de montrer le moindre signe de faiblesse devant lui !

— Je ferais mieux de m'en aller, dit-elle.

Elle fit ses adieux à toute la famille Lucci et promit à Fede de transmettre ses serments d'amour à Jenny. Maria l'escorta jusqu'à la porte, où, à sa grande surprise, Guido, qui avait disparu depuis quelques instants, l'attendait.

— Je vais faire une partie du chemin avec toi, dit-il.

11.

Il marchait à son côté en silence. De toute évidence, il se tenait sur ses gardes. Finalement, n'y tenant plus, elle déclara :

— Il n'est pas trop tard pour repartir de zéro, Guido. Pourquoi ne pas essayer ?

— Si seulement c'était possible !

— Pourquoi te mures-tu dans ta rancune ? s'écria-t-elle avec désespoir.

— Comment étais-je censé réagir en découvrant que la femme avec qui j'ai passé les plus beaux jours de ma vie m'a dupé pour de l'argent ?

— Moi aussi, j'ai passé les plus beaux jours de ma vie avec toi, murmura-t-elle avec nostalgie. Pourquoi serait-il impossible de retrouver ces moments magiques ? Après tout, tu m'as menti toi aussi. Pourquoi m'as-tu laissée croire que tu étais Federico ?

— Je sais, j'ai eu tort. J'aurais dû te détromper immédiatement. Mais j'étais ébloui. Je suis tombé amoureux de toi au premier regard. Qu'importait mon nom ? Je venais de rencontrer la femme de ma vie. Plus rien d'autre ne comptait. Toi, tu ne pouvais pas convoiter mon titre. C'était moi qui t'éblouissais. Du moins, je le croyais. Je n'ai pas pu résister au plaisir de prolonger le quiproquo, le temps que nous apprenions à nous connaître.

Il eut un rire étranglé.

— Quelle ironie ! Je me réjouissais d'avoir rencontré une femme désintéressée, alors que tu étais payée pour me séduire !

Il poussa un profond soupir.

— J'étais si heureux d'avoir trouvé une femme que je pourrais aimer et épouser sans que mon oncle me mette des bâtons dans les roues ! Mais peut-être était-il injuste de te placer sur un piédestal.

Dulcie sentit l'irritation monter en elle.

— Tôt ou tard, j'aurais fini par te décevoir. Je suis une femme ordinaire qui se bat du mieux qu'elle peut pour survivre. Mon métier peut te sembler méprisable, mais je suis obligée de m'adapter aux contraintes de l'existence, comme tout le monde. A part toi, bien sûr. Je ne connais personne qui ait autant de liberté. Tu as les moyens de vivre deux vies, en passant de l'une à l'autre au gré de tes caprices. Pas étonnant que tu te montres incapable de la moindre indulgence pour le commun des mortels !

— La fille de lord Maddox obligée de travailler comme détective privé pour gagner sa vie ? Tu n'espères tout de même pas que je vais te croire ?

— Il le faudra bien pourtant ! s'écria-t-elle, de plus en plus exaspérée. Toute la fortune de mon père a été misée jusqu'au dernier penny sur des chevaux de courses ou sur les tapis verts de Monte-Carlo. Toutes nos propriétés sont hypothéquées et la banque commence à renâcler devant l'importance du découvert. M'épouser ? Tu aurais commis la plus grosse erreur de ta vie ! Papa t'aurait demandé de l'argent avant même les fiançailles. Tu es bien plus tranquille sans moi. Tu as raison, en fin de compte !

Elle accéléra le pas et il dut courir pour la rattraper. Ils poursuivirent leur chemin côte à côte en silence. Au-dessus de leurs têtes, du linge éclairé par la lune pendait sur les cordes tendues entre les façades. Dulcie tourna dans une ruelle. Elle commençait à se repérer dans ce dédale.

— Mais en définitive, ça n'a rien à voir avec l'argent, murmura-t-elle d'une voix qui résonna étrangement dans l'obscurité. En réalité, j'ai accepté cette mission parce que je voulais venger toutes les femmes bafouées. Je t'ai parlé de Simon, le premier soir.

— L'homme que tu as cru voir dans une gondole ?

— Oui. Je t'ai dit que nous devions aller à Venise pour notre lune de miel... Ce que je ne t'ai pas précisé, c'est que nous devions descendre au Vittorio, dans la suite impériale. Il avait tout organisé, mais il comptait sur moi pour payer l'addition. Me sachant fille de comte, il me prenait pour une riche héritière. Lorsqu'il a découvert que je n'avais pas un sou, il s'est évanoui dans la nature.

Guido lâcha un mot qu'elle ne reconnut pas. Un juron vénitien, sans doute.

— Pourquoi es-tu quand même descendue au Vittorio, dans la suite impériale ?

— Roscoe y tenait et je me suis dit : « Quelle importance ? »

— As-tu pensé à cet homme en arrivant ici ?

— Pendant toute la traversée de la lagune depuis l'aéroport, acquiesça-t-elle. Puis tout le long du Grand Canal, dans le hall du Vittorio, et dans la suite impériale. Partout son fantôme m'accompagnait, me chuchotant à l'oreille que le monde était rempli d'escrocs et que tous les hommes étaient des traîtres.

Il régnait dans la ruelle une obscurité presque complète, mais Dulcie sentit que Guido se rapprochait d'elle. Elle s'écarta vivement. Il fallait absolument éviter le moindre contact avec lui ! Elle avait besoin de toute sa volonté pour lui faire ses adieux. Car c'était la meilleure solution pour chacun d'eux...

— C'était un misérable, finit par murmurer Guido. Tu peux te réjouir d'être débarrassée de lui.

Elle eut un petit rire aigu.

— C'est exactement ce que je pensais, mais en réalité, il m'a marquée à jamais. Je ne considère plus les hommes de la même manière. Au-delà de leur regard, je ne vois que des mensonges.

— Est-ce ce que tu voyais dans mon regard, pendant toutes ces journées que nous avons passées ensemble ? demanda-t-il d'une voix blanche.

— Non. Quand tu m'as recueillie et soignée, tout est devenu très confus dans mon esprit.

— Pourquoi ne m'en as-tu pas parlé à ce moment-là ?

— Comment aurais-je pu ? Je te prenais pour Fede et je commençais à trouver que Jenny avait beaucoup de chance. Et quand j'ai appris la vérité, il était trop tard. Tu as raison, rien n'est possible entre nous. La soirée de demain appartient à Jenny et Fede, il vaut donc mieux nous dire adieu maintenant.

— Dulcie...

Vive comme l'éclair, elle s'approcha de lui, noua les mains derrière sa nuque et l'embrassa avec une ardeur désespérée.

— Souviens-toi de moi quand je ne serai plus là, Guido, murmura-t-elle. Colombine s'en va toujours...

— A moins que Arlequin ne l'oblige à rester.

Elle laissa échapper un petit rire triste.

— Arlequin n'a jamais réussi à faire obéir Colombine. Il n'est pas assez malin.

162

— C'est vrai. Quoi qu'en pense ce pauvre benêt, c'est toujours elle qui tire les ficelles, n'est-ce pas ? grogna-t-il.

Elle l'embrassa de nouveau, tendrement cette fois, et s'échappa. Il entendit le bruit de ses pas résonner sur les dalles de la ruelle. Certain qu'elle allait se raviser et revenir vers lui, il attendit. Mais très vite, il comprit son erreur et se mit à courir jusqu'au canal. Devant lui, un pont. De l'autre côté, trois chemins possibles.

Il se rua sur le pont et une fois sur la rive opposée, tendit l'oreille. Pourvu qu'un bruit lui indique la direction à prendre ! Mais Dulcie s'était évanouie dans la nuit et on n'entendait rien d'autre que le léger clapotis de l'eau contre le quai. Guido s'aperçut que son visage était mouillé. Mais était-ce les larmes de Dulcie ou les siennes ? Il était incapable de le dire.

Le lendemain, dès le matin, le Palazzo Calvani fut en effervescence. Liza, aux anges, s'affairait de tous côtés, supervisant le travail des domestiques sans hésiter à mettre la main à la pâte. Finalement, elle s'accorda cinq minutes de pause dans le jardin, au bord du canal. Ce fut là que Guido la trouva.

— Je veux vous offrir ce présent pour vous remercier du service que vous m'avez rendu l'autre soir, déclara-t-il. J'aurais voulu vous le donner avant, mais il n'a été terminé que ce matin.

Liza contempla la broche de diamants, gravée à son nom, en rosissant de plaisir.

— *Grazie, signore.* Cependant, je ne mérite pas un tel cadeau : je suis ici pour servir la famille.

— Ce service dépassait largement le cadre de vos attributions. Mon oncle s'est-il fâché de ce que vous aviez perdu la clé ?

— Il ne se fâche jamais contre moi. De toute façon, j'ai réussi à le persuader que c'était lui qui l'avait égarée et il m'a présenté ses excuses.

Guido éclata de rire.

— J'aurais dû m'en douter !

— Est-ce que ça vous a aidé, au moins ?

Il soupira.

— C'est une longue histoire.

— Pourquoi ne me la racontez-vous pas ?

Il lui narra les événements des derniers jours aussi honnêtement que possible, sans passer sous silence ses propres erreurs. Il en arriva au point qu'il trouvait le plus douloureux.

— Pendant tout ce temps, je l'aimais, mais... je ne pense pas que c'était réciproque.

— Comment pouvez-vous le savoir ?

— Elle a provoqué notre rencontre avec un objectif bien précis en tête.

— Peut-être, mais ce n'était pas après vous qu'elle en avait. Et de toute façon, quelle que soit la manière dont vous vous êtes rencontrés, pourquoi ne vous aimerait-elle pas sincèrement ? Vous êtes un jeune homme bien bâti, relativement séduisant...

— Merci !

— ... un peu farfelu, poursuivit Liza sans se démonter. Ce qui est un atout. Les femmes adorent ça. Si en plus vous avez été aux petits soins avec elle comme vous le dites, il serait très étonnant qu'elle ne soit pas tombée éperdument amoureuse de vous. Elle vous a raconté des histoires ? Et alors ? Elle avait de bonnes raisons, non ? Vous venez de me l'expliquer vous-même. Je ne vois pas où est le problème. Ne vous ai-je pas entendu clamer plus d'une fois que vous vouliez une femme capable de vous surprendre, de garder une part de mystère ?

Il y eut un silence.

— Je ne me suis pas vraiment montré à la hauteur de mon discours, n'est-ce pas ? fit-il avec dérision.

— La première fois que vous rencontrez une femme aussi douée que vous pour la mystification, vous prenez peur ! s'exclama Liza en levant les yeux au ciel.

Guido était trop absorbé par ses problèmes pour se rendre compte que Liza s'adressait à lui avec beaucoup moins de respect qu'à l'ordinaire.

— Cette jeune femme est trop bien pour vous, poursuivit-elle. Et elle a eu raison de vous quitter. Ce qui est dommage pour elle, c'est qu'elle va revenir.

— Vous le pensez vraiment ? s'écria Guido, plein d'espoir.

— Vous êtes destinés à vivre ensemble. Et c'est bien fait pour vous.

— Pardon ?

— Elle vous donnera du fil à retordre, expliqua Liza avec une satisfaction évidente. Vous aurez en permanence la tête à l'envers.

Une lueur étrange s'alluma dans le regard de Guido.

— En permanence, n'est-ce pas ?

— Vous serez toujours sur le qui-vive.

— Je ne m'ennuierai jamais.

— Elle fera toujours le contraire de ce que vous aurez prévu.

— Elle me tiendra en haleine.

— Et vous n'aurez que ce que vous méritez.

— Que ce que je mérite.

Se redressant d'un bond, il planta un énorme baiser sur la joue de Liza et sortit du jardin en courant.

— *Signore*, où allez-vous ?

— Chercher ce que je mérite ! cria-t-il par-dessus son épaule.

Il se rua vers l'embarcadère en appelant le pilote, qui arriva en courant. Marco et Leo se trouvaient dans le jardin. Voyant Guido passer comme une flèche, ils échangèrent des regards intrigués et se mirent à courir derrière lui. Ils le rattrapèrent au bord de l'eau.

— Où y a-t-il le feu ? questionna Marco.

— Pas le temps de t'expliquer. Claudio, à l'hôtel Vittorio ! lança Guido au pilote.

Il monta à bord, suivi par ses cousins.

— Nous ne te perdons pas de vue, prévint Marco. Tu nous as impliqués dans la mascarade que tu as préparée pour ce soir, alors il n'est pas question que nous te laissions filer.

Guido tâta la poche arrière de son pantalon.

— J'ai oublié mon portable !

— Prends le mien, proposa Marco.

Guido composa fébrilement le numéro du Vittorio et demanda la suite impériale. Ce fut Jenny qui répondit.

— Il faut que je parle à Dulcie de toute urgence, dit-il.

— Mais, Guido, elle est partie !

— Partie ? Comment ? Où ?

— Elle a quitté Venise. Elle a fait ses valises et elle est partie. Enfin, elle n'a presque rien emporté. Elle considère que toutes ces affaires ne lui appartiennent pas.

— Elle n'a pas laissé de message pour moi ?

— Non. Il paraît que tu ne veux plus entendre parler d'elle.

— Quelle idiote ! Comment peut-elle penser une chose pareille ! Je l'aime !

— Eh bien, ce n'est pas la peine de t'en prendre à moi, protesta Jenny. Ce n'est pas ma faute si elle est partie.

— Non, c'est la mienne. Jenny, aide-moi à tout arranger. Quel vol prend-elle ?

— Elle ne prend pas l'avion. Il n'y avait plus une seule place. Elle part en train. A midi.

— Mais c'est dans cinq minutes !

Il donna une grande bourrade à Claudio.

— A la gare, vite !

Bientôt, l'escalier de la gare apparut. Le bateau n'avait pas encore accosté que Guido bondissait sur les marches. Le quai du train de midi était juste en face. Il courut à perdre haleine. Le train était encore là ! Plus que quelques mètres…

Le train s'ébranla.

Dans un effort désespéré, il accéléra encore et atteignit le quai. Mais il était trop tard pour rattraper le train.

— Dulcie ! hurla-t-il.

C'était un miracle qu'il ait encore assez de souffle pour crier… Quelque part au loin, une tête apparut à une fenêtre. C'était elle ! Même s'il ne distinguait pas son visage, il en était sûr. Il l'aurait reconnue entre mille !

— *Je t'aime* ! cria-t-il. *Ne me quitte pas* !

Mais la tête disparut. Le train prenait de la vitesse. Elle s'en allait et il ne savait même pas si elle l'avait entendu… La dernière voiture disparut au loin dans un cliquetis de roues. Il resta seul sur le quai, haletant et découragé.

— Laisse-la partir, conseilla Marco qui venait de le rattraper.

— Pas question ! Il faut absolument qu'elle revienne.

— Téléphone-lui, suggéra Leo.

— Excellente idée !

Il appela le portable de Dulcie. Le premier arrêt du train était à Mestre, à quelques minutes de là. Dans une demi-heure, elle pouvait être de retour près de lui.

Quelques secondes plus tard, il entendit un déclic. Elle répondait !

— *Carissima* ! Je t'aime ! Je ne peux pas vivre sans toi. Je me suis comporté comme un imbécile, mais ne m'en veux pas. Laisse-moi passer ma vie à me faire pardonner. Descends du train à Mestre et prends le prochain pour Venise. Je t'attends sur le quai. Dis-moi simplement que tu me pardonnes et reviens. S'il te plaît, chérie, reviens. *Ti prego mia dolcissima Dulcie.*

— Allô ? dit la voix de Jenny.

— Jenny ? murmura Guido, atterré.

— Oui, Dulcie a oublié son portable. Je l'ai trouvé sous un coussin.

Guido parvint à marmonner un merci et raccrocha.

— Elle n'a pas pris son téléphone, déclara-t-il d'un ton lugubre. Je dois pouvoir trouver un vol au départ de Milan.

— Non ! s'écrièrent en chœur Leo et Marco.

— Pense à Fede et à Jenny qui comptent sur toi, fit valoir Leo.

— Par ailleurs, renchérit Marco avec une logique implacable, le train n'arrivera à Londres que demain midi. Tu peux très bien jouer ton rôle au bal ce soir et prendre le premier vol demain matin. Tu arriveras encore avant elle. Tu pourras même aller la chercher à la gare.

— C'est vrai, approuva Guido.

Puis il se prit la tête à deux mains.

— Comment vais-je trouver la force d'endurer les prochaines vingt-quatre heures ?

— Fais-nous confiance, dit Leo.

12.

Comme à son habitude, le comte de Calvani avait fait en sorte que personne ne l'éclipse à son propre bal masqué. En costume de Doge, avec un masque de satin rouge orné de minuscules plumes rouges et or, il fit une entrée majestueuse dans les appartements de Guido, où étaient réunis ses trois neveux. Il se planta au milieu de la pièce pour se faire admirer. Lorsqu'ils lui eurent prodigué toutes les louanges qu'il attendait d'eux, il les examina d'un œil critique.

Tous trois arboraient le même costume bariolé, très moulant, qui révélait leurs corps athlétiques. Il était complété par une collerette blanche. Les trois hommes portaient par ailleurs un tricorne noir et un masque aux sourcils relevés, leur donnant un air narquois. Francesco émit un grognement réprobateur.

— Que complotez-vous encore ? Vous n'avez tout de même pas l'intention d'abuser les dames en les séduisant à tour de rôle tout en prétendant n'être qu'une seule et même personne ?

Puis, abandonnant ce ton d'indignation vertueuse, il ajouta :

— C'est ce que je faisais quand j'étais jeune.

— Je ne crois pas que nos chastes oreilles soient prêtes à entendre le récit de vos frasques de jeunesse, mon oncle, commenta Leo en souriant.

— Vous auriez quelques surprises, approuva Francesco. Mais aujourd'hui, je suis un homme rangé. Guido, tu vas être heureux d'apprendre que je vais enfin exaucer ton vœu le plus cher.

— Te marier ? s'écria Guido, abasourdi.

Marco toussa.

— Mon oncle, ne croyez-vous pas qu'il est un peu tard pour penser à… enfin…

— Je suis dans la fleur de l'âge, coupa le comte d'un ton péremptoire.

— Bien sûr, renchérit Guido. La nursery va se remplir en un rien de temps.

Un horizon de liberté s'ouvrait devant lui ! songea-t-il avec exaltation.

— Aurons-nous la joie de faire sa connaissance ce soir, mon oncle ?

— Non, elle ne sera pas au bal. Pas plus que lady Dulcie, ajouta Francesco en jeta un regard noir à Guido.

Il avait appris que son neveu et elle s'étaient rencontrés, mais Guido avait refusé de lui en dire plus.

Quelques minutes plus tard, le comte et ses trois neveux descendaient dans le jardin, pour accueillir la retraite aux flambeaux qui arrivait par le Grand Canal. L'une après l'autre, les gondoles accostèrent, et un flot de silhouettes masquées rejoignit le *palazzo* illuminé.

L'orchestre jouait déjà et une armée de valets de pied circulait parmi les invités avec des plateaux chargés de coupes de cristal remplies du meilleur champagne.

— Si seulement ils faisaient preuve d'un peu d'originalité, grommela Francesco, en regardant défiler les déguisements, un sourire accroché aux lèvres. Il n'y a que des Colombine, des Pantalon et des Pulcinella !

— Tout le monde n'a pas la prestance nécessaire pour porter le costume de Doge, fit valoir Guido.

— C'est vrai, acquiesça Francesco en se rengorgeant.

— Toi qui voulais de l'originalité, tu vas être comblé. Que penses-tu de Henry VIII ?

La vedette du Vittorio venait d'arriver avec à son bord Roscoe et Jenny.

— C'est Roscoe Harrison, murmura Guido. Tu es enchanté de faire sa connaissance.

— Ah bon ?

— Oui, pour me faire plaisir. La Colombine qui l'accompagne est sa fille.

— Encore une Colombine !

Francesco reçut ces hôtes avec son affabilité habituelle, puis Roscoe et lui examinèrent leurs costumes respectifs avec un respect mutuel.

Guido conduisit les nouveaux arrivants à l'intérieur du *palazzo*, Jenny accrochée nerveusement à son bras. Cette soirée allait être si différente de ce qu'il avait prévu ! songea-t-il sombrement. Dulcie ne serait pas auprès de lui pour l'aider à exécuter son plan.

Il avait réussi à réserver une place sur le premier vol du lendemain, mais d'ici là, il devait tenir la promesse qu'il avait faite à Fede. Il étudia Jenny. Parfait. Elle avait suivi ses instructions et avait mis un bonnet de soie noire pour dissimuler ses cheveux, ainsi qu'un petit tricorne noir et un masque de satin rouge qui lui couvrait le bas comme le haut du visage. Dans son costume de tulle blanc, à la taille très marquée, elle était ravissante.

— Fede va être ébloui, lui murmura-t-il en l'entraînant sur la piste de danse quand le moment fut venu.

— Oh, Guido ! Il est vraiment là ? Je suis si nerveuse...

— Il patiente dans le hangar à bateaux. Nous attendrons qu'il y ait un peu plus de monde, afin que ton père ne puisse pas garder en permanence un œil sur toi. Leo t'invitera alors à danser. Ton père le prendra pour moi, mais je serai en train de danser avec une autre Colombine.

Tout à coup, il fronça les sourcils.

— Je préférerais que tu enlèves ce collier de diamants. Il a dû coûter une fortune.

— En effet, acquiesça-t-elle en soupirant. Papa me l'a offert juste avant que nous quittions l'hôtel. Pour me consoler d'avoir perdu Fede !

— Je vois. Il ne va pas le quitter des yeux et ça va compliquer la substitution avec l'autre Colombine. J'ai convaincu une des femmes de chambre de nous aider.

— C'est le rôle que devait tenir Dulcie, n'est-ce pas ? Elle est vraiment partie ?

— Oui, mais je vais la ramener. Jenny, il faut absolument que je te parle d'elle.

— Plus tard, c'est promis. Pour l'instant, je vois papa qui me fait signe. Je reviens.

Elle s'éloigna et Guido la perdit de vue. Ne rêvant que de son départ pour Londres le lendemain matin, il invita plusieurs dames à danser comme l'exigeait son rôle d'hôte.

Roscoe, qui passait une excellente soirée, promena son regard autour de lui. Où était passée Jenny ? Il ne la voyait plus. Quelques minutes plus tôt, elle était en train de danser avec Guido. A présent, elle avait disparu dans la cohue.

Non, elle était là de nouveau. Une magnifique Colombine, se frayant un chemin à travers la foule, avec au cou son collier de diamants, étincelant de mille feux. Elle rejoignait Arlequin, qui l'invitait à danser.

172

— Où étais-tu passée ? demanda Guido.

— Tu voulais me parler de Dulcie ?

— Je prends l'avion demain matin pour la rejoindre à Londres.

Colombine inclina la tête, taquine.

— Et que lui diras-tu quand tu la verras ?

— Je lui demanderai de me pardonner mon intransigeance. Bon sang ! Je ne sais même pas si elle m'a entendu l'appeler depuis le quai !

— En général, quand Dulcie prend une décision, elle ne revient jamais dessus.

A travers les fentes de son masque, les yeux de Guido s'agrandirent d'effroi.

— Tu veux dire qu'elle ne me pardonnera jamais ? Je ne peux pas le croire. Nous sommes faits l'un pour l'autre. Je l'ai su dès le premier instant, quand elle a lancé sa sandale dans la gondole.

— Mais tu ne savais pas qu'elle l'avait lancée ! rappela Colombine. Tu pensais que c'était un signe du destin. En réalité, elle t'a trompé.

— Mais non elle ne m'a pas trompé ! répliqua Guido avec véhémence. Pas si l'on considère la situation d'un certain point de vue. Dulcie et moi étions destinés à nous rencontrer. Quand elle a lancé cette sandale, elle n'a fait qu'accomplir ce que le destin lui imposait.

Pourquoi Colombine restait-elle silencieuse ? se demanda-t-il. De son visage entièrement masqué, il ne voyait que ses yeux verts, qui le fixaient intensément. Un sentiment étrange s'insinua en lui.

— Quelqu'un veut te voir, dit-elle tout à coup.

Guido vit deux Arlequin, qui lui faisaient signe depuis la baie vitrée donnant sur le jardin. Il rejoignit Leo et Marco.

— Tout a marché comme sur des roulettes, annonça Leo. Nous avons accompagné Jenny à l'église. Fede l'y attendait avec sa famille et à l'heure qu'il est, ils sont probablement mariés.

— Vous faites sûrement erreur : Jenny se trouve encore ici, objecta Guido, perplexe.

De nouveau, il était envahi par ce sentiment étrange...

— Je dansais avec elle quand vous m'avez fait signe.

— Impossible. Nous l'avons emmenée à l'église il y a une demi-heure.

— Alors qui... ?

Tout à coup, il eut une illumination. Jenny avait les yeux bleus !

Avec fébrilité, il se précipita dans la foule, à la recherche de Colombine. Hélas, tel un fantôme insaisissable, elle s'était évanouie. Partout où il posait les yeux il voyait une Colombine, mais ce n'était jamais la bonne !

Il la repéra enfin. Une coupe de champagne à la main, elle discutait avec Leo, qui avait enlevé son masque. Mu par une impulsion, Guido s'assura que son propre masque était bien en place puis fonça vers eux.

— Il vaut mieux éviter Guido, dit-il en posant une main sur l'épaule de Leo. Cette petite révélation l'a mis dans un état second.

Son frère l'étudia avec circonspection.

— Marco ?

— Lui-même, mentit Guido.

Puis, s'adressant à Colombine :

— Accepterez-vous de m'accorder cette danse, chère mademoiselle ?

Prenant fermement la jeune femme par la taille, il l'entraîna sur la piste. Les yeux verts de celle-ci pétillaient de malice. De toute évidence, elle n'était pas dupe...

— Ainsi, Guido est désorienté ? s'enquit-elle d'un ton moqueur. Il n'a que ce qu'il mérite !

— Ne soyez pas si dure avec lui, répliqua-t-il. Ce n'est pas un mauvais garçon.

— Il a besoin qu'on lui tienne tête.

— Vous pourrez vous en donner à cœur joie quand vous serez mariés.

— Moi ? L'épouser ? Jamais !

— Il le faut ! plaida Arlequin avec ferveur. Vous ne pouvez pas le laisser dans ce désarroi. Il est capable des pires sottises. Pensez à la réputation de notre famille. Et puis vous savez bien qu'il est éperdument amoureux de vous. Certes, il s'est comporté comme un idiot. Mais vous êtes intelligente pour deux. Après tout, vous êtes amoureuse de lui, n'est-ce pas ? Sinon vous ne vous donneriez pas tout ce mal pour lui donner une leçon.

— Oublions Guido, murmura Colombine. Il n'est pas très intéressant. Parlons plutôt de vous.

— Oh, je vais te... !

Guido arracha simultanément son masque et celui de Colombine, puis l'attira contre lui et l'embrassa longuement sous les applaudissements.

— Tout à l'heure, je savais que c'était toi, murmura-t-il quand il se décida enfin à quitter ses lèvres.

— Avoue que tu as été berné pendant un moment, dit Dulcie avec un sourire mutin.

— Seulement un très court moment, marmonna-t-il avant de l'embrasser de nouveau. Quand es-tu revenue ? demanda-t-il quelques minutes plus tard.

— J'ai quitté le train à Mestre pour le reprendre en sens inverse. Mais pas parce que tu m'as couru après. Après être partie sous le coup de la colère, j'ai eu des remords. Je n'ai pas pu me résoudre à laisser tomber Jenny et Fede.

— Je vois. C'est uniquement pour eux que tu es revenue.

Elle pouffa.

— Bien sûr que non. Il y a une autre raison.

Il la serra plus fort encore.

— Dis-moi laquelle.

— J'avais oublié mon téléphone portable.

— *Cara*, tu vas trop loin… !

Il s'interrompit. Le rire de Dulcie était une musique si douce à ses oreilles…

— Je serais revenue de toute façon, dit-elle quand elle eut repris son sérieux. Il n'était pas question que je renonce à toi aussi facilement.

Il l'embrassa de nouveau avec ferveur.

— A Mestre, reprit-elle un instant plus tard, j'ai téléphoné à Jenny. Elle m'a parlé de ton appel et m'a rapporté les propos très intéressants que tu lui as tenus en la prenant pour moi.

— Pourquoi ne m'as-tu pas appelé ? Tu savais que je t'aimais. D'ailleurs, le monde entier était au courant, vu la façon dont je te l'ai hurlé depuis le quai.

— Je t'ai téléphoné, mais c'est Marco qui a répondu. Vous veniez de rentrer de la gare.

— Si je comprends bien, vous avez tous comploté contre moi !

— Leo est venu me chercher à la gare et m'a ramenée ici. Ensuite, je n'ai plus eu qu'à mettre le costume qui m'était destiné. Roscoe a failli compliquer les choses en offrant ce collier à Jenny, mais finalement ça nous a facilité la tâche. Jenny me l'a donné juste avant de quitter le bal. En le portant, j'étais sûre que tout le monde me prendrait pour elle.

— Quand avez-vous procédé à la substitution ?

176

— Après t'avoir laissé sur la piste de danse en prétextant que Roscoe lui faisait signe, elle s'est glissée dans un petit salon, où je l'attendais en compagnie de Leo et de Marco. Elle m'a donné le collier en me disant que tu voulais lui parler de moi. Ils sont partis tous les trois et je t'ai rejoint.

— Mais pourquoi ne m'avoir rien dit à ce moment-là ?

— Pour rien au monde je n'aurais raté cette conversation !

Elle prit un air faussement contrit.

— Colombine n'y peut rien, c'est dans sa nature. Arlequin devra s'en accommoder.

— Est-elle décidée à rester auprès de lui pour toujours ?

— Pour toujours.

De nouveau, il captura sa bouche avec fougue, tout en continuant à danser. Quand elle rouvrit les yeux, Roscoe était à quelques mètres d'eux et la fixait avec des yeux exorbités. Il allait être bientôt temps de lui fournir des explications… Mais pour l'instant, elle voulait rester encore dans les bras de l'homme qu'elle aimait.

— Quand as-tu compris que c'était moi ? s'enquit-elle.

— Quand je me suis rappelé que Jenny avait les yeux bleus. Et Marco et Leo m'ont dit qu'elle était partie. Ce n'était donc pas avec elle que j'avais dansé.

— Tout s'est bien passé pour elle ?

— A merveille. Marco et Leo l'ont emmenée jusqu'à une petite église où les attendait un prêtre. Quand Roscoe les reverra, Fede et elle seront mariés. Et à ce propos, j'ai un aveu à te faire. Je ne serai sans doute bientôt plus héritier du titre. Oncle Francesco va se marier et il m'a promis d'avoir très rapidement un fils.

— Tu sais bien que ton titre ne m'intéresse pas !

— Rien ne s'oppose donc à notre mariage ?

— Désolé de vous interrompre, mais *il Signor Harrison* est de plus en plus nerveux, murmura Marco qui venait de surgir à leur côté.

En effet, Roscoe se dirigeait droit sur eux. Dulcie enleva le collier de diamants et le tendit à ce dernier.

— J'ai promis à Jenny de vous le rendre. Elle estimait qu'elle ne pouvait pas l'accepter, puisqu'elle s'apprêtait à vous désobéir.

— Qu'est-ce que ça signifie ? Où est-elle passée ?

— *La Signora Lucci* s'en va en ce moment même en voyage de noces avec Fede, annonça Guido.

Les yeux de Roscoe s'étrécirent.

— De quoi parlez-vous ? Où est ma Jenny ? Si elle s'imagine qu'elle peut me tenir tête...

— C'est fait, intervint Dulcie. Elle vient d'épouser l'homme qu'elle aime. S'il vous plaît, Roscoe, essayez de vous réjouir pour elle.

— Me réjouir ? Tout ceci est votre faute ! Je vous ai fait confiance, j'ai investi des sommes folles dans votre mission, et tout ça pour que vous poussiez Jenny à se rebeller contre moi ? Eh bien, vous allez me rembourser toutes ces tenues chics dans lesquelles vous vous êtes pavanée à mes frais, lady Dulcie !

Guido s'avança.

— En tant que futur époux de Dulcie, je me ferai un plaisir de vous rembourser intégralement ces vêtements... avant de les jeter dans la lagune. Et si vous osez encore lui parler sur ce ton, vous prendrez le même chemin. Suis-je bien clair ?

Le ton implacable de Guido fit reculer Roscoe d'un pas. Mais il ne put s'empêcher de lancer avec hargne :

— Puisque c'est ainsi, vous pouvez dire aux deux tourtereaux qu'ils n'auront pas un penny de ma part ! Pas un !

— Parfait, approuva Guido. Et surtout ne changez pas d'avis. Ils seront d'autant plus heureux.

Roscoe s'étrangla de fureur, puis, pivotant sur lui-même, il s'éloigna au pas de charge.

— Mon cher neveu !

Francesco s'avançait vers eux de son allure majesteuse. Il baisa cérémonieusement la main de Dulcie, puis serra celle de Guido avec un sourire satisfait, comme si c'était lui qui avait tout manigancé pour les réunir.

Ensuite, une succession de toasts furent portés aux futurs mariés, puis le bal se poursuivit jusqu'à l'aube. Le soleil se levait sur le canal quand les dernières gondoles quittèrent l'embarcadère.

Francesco embrassa cette fois Dulcie sur les deux joues.

— Dès notre première rencontre, j'ai su que vous étiez la seule femme au monde capable de mater mon sacripant de neveu, confia-t-il.

— Et vous, mon oncle ? demanda Leo. Il paraît que vous avez une grande nouvelle à nous annoncer ?

Le comte leva la main pour réclamer le silence.

— C'est vrai. J'ai enfin réussi à convaincre la seule femme que j'aie jamais aimée à devenir mon épouse.

Sous le regard perplexe de ses neveux, il se dirigea vers la porte, l'ouvrit, et d'une voix douce qu'ils ne lui connaissaient pas, il dit :

— Viens nous rejoindre, ma chérie.

Après quelques secondes de suspense, la future épouse du comte Francesco fit son apparition.

— Liza ! s'écria Guido.

— Nous nous aimons depuis des années, expliqua simplement Francesco. A plusieurs reprises, je l'ai suppliée de m'épouser, mais elle a toujours refusé en prétextant qu'elle ne voulait pas m'imposer une mésalliance. Ce qui est absurde, puisqu'elle est la plus grande dame du monde.

Liza sourit à son compagnon et l'espace d'un instant, ils virent tous la jeune fille au visage d'ange qui était venue travailler au *palazzo* près de cinquante ans plus tôt et avait conquis le cœur du comte dès le premier jour. Dulcie sentit des larmes perler à ses paupières.

Guido fut le premier à embrasser Liza et à l'appeler « ma tante ». Marco et Leo s'empressèrent de suivre son exemple.

— Finalement, tu n'y échapperas pas, murmura Marco à Guido avec une pointe de malice. Il n'y aura pas d'autre héritier. Tu vas devoir te résigner à devenir comte.

— Va au diable, maugréa Guido.

— Ça t'ennuie vraiment beaucoup ? questionna Dulcie.

— Es-tu toujours d'accord pour m'épouser ?

— Bien sûr.

— Alors le reste n'a aucune importance.

La prenant par la main, il l'entraîna dans le jardin où ils se retrouvèrent enfin seuls.

— Plus de masques entre nous, murmura-t-elle.

— Plus de masques, *carissima*. Plus jamais.

L'attirant contre lui, il lui donna un long baiser plein de promesses.

Trois mois plus tard, deux mariages furent célébrés à la basilique Saint-Marc, à un jour d'intervalle.

Selon les vœux de Liza, qui préférait éviter un double mariage en grand apparat, le comte Francesco et elle se marièrent dans la plus stricte intimité.

Dès la fin de la cérémonie, la nouvelle comtesse insista pour s'occuper des derniers préparatifs du second mariage, qui devait être célébré le lendemain en présence de centaines d'invités.

Lors de la réception organisée au Palazzo Calvani, les quatre « jeunes mariés » ouvrirent le bal sous les applaudissements avant que la foule des invités envahisse la piste de danse.

— Marco et sa fiancée semblent très amoureux, fit observer Guido à Dulcie, alors qu'ils faisaient une pause en buvant une coupe de champagne.

— Tu parais surpris. Pourtant je croyais que tu avais trouvé Harriet charmante, quand nous sommes allés à leur soirée à Rome, il y a quelques semaines.

— En effet. Mais je ne peux pas m'empêcher d'être perplexe au sujet de ces fiançailles.

— Il est vrai que ça s'est décidé très vite.

— Tu crois qu'ils sont amoureux ?

Dulcie observa Marco et sa fiancée, Harriet D'Estino, qui glissaient sur la piste non loin d'eux, les yeux dans les yeux.

— Je ne sais pas, répondit Dulcie, songeuse. Il faut reconnaître qu'il s'est passé des choses étranges à cette soirée de fiançailles.

— Très étranges, renchérit Leo, qui venait de les rejoindre.

Liza et Francesco avaient organisé une réception d'un faste impressionnant, mais Guido et Dulcie le remarquèrent à peine tant ils étaient impatients de se retrouver enfin seuls.

Personne ne connaissait la destination de leur lune de miel. Plusieurs furent citées au cours de la soirée — New York, les Bahamas, le midi de la France — mais aucune confirmée. Quand ils s'éclipsèrent, seule Liza savait qu'ils ne se rendaient pas à l'aéroport. A l'embarcadère, une gondole les attendait.

— Fede !

Guido serra chaleureusement la main de son ami et Dulcie l'embrassa.

— Voilà, dit Fede, je vous laisse ma gondole. Jenny s'excuse d'avoir quitté la réception si tôt. Elle se sentait un peu nauséeuse, et Roscoe a insisté pour qu'elle rentre.

— Comment va le futur grand-père ? demanda Dulcie.

— Il essaie de tout régenter ; il est presque plus pénible que quand il était hostile. Mais Jenny est heureuse, et c'est tout ce qui compte.

Il aida Guido à installer Dulcie dans la gondole, lui tendit la rame, puis regagna le quai. Il les regarda s'éloigner en leur adressant de grands signes.

— Quelle joie de rentrer chez nous ! murmura Dulcie en contemplant les étoiles.

— Tu es certaine de ne pas regretter ce choix ? Nous pouvons encore partir ailleurs, si tu le souhaites. N'importe où.

— Pour rien au monde je ne passerais notre lune de miel ailleurs que dans le nid qui a vu éclore notre amour.

Le nouveau visage
de la collection Or

◆

AMOURS D'AUJOURD'HUI

Afin de mieux exprimer sa modernité et de vous séduire encore davantage, votre collection Or a changé de couverture et de nom depuis le 1er mars 1995.

Rassurez-vous, les romans, eux, ne changent pas, et vous pourrez retrouver dans la collection **Amours d'Aujourd'hui** tous vos auteurs préférés.

Comme chaque mois, en effet, vous y attendent des héros d'aujourd'hui, aux prises avec des passions fortes et des situations difficiles...

COLLECTION
AMOURS D'AUJOURD'HUI :
Quand l'amour guérit des blessures de la vie...

Chère lectrice,

Vous nous êtes fidèle depuis longtemps?
Vous venez de faire notre connaissance?

C'est pour votre plaisir que nous avons
imaginé un rendez-vous chaque mois
avec vos auteurs préférés, vos
AUTEURS VEDETTE dans les
collections Azur et Horizon.

Les AUTEURS VEDETTE vous
donneront rendez-vous pour de
nouveaux livres vedette.

Pour les reconnaître, cherchez
l'étoile... Elle vous guidera!

Éditions Harlequin

HARLEQUIN

LE FORUM DES LECTEURS ET LECTRICES

CHERS(ES) LECTEURS ET LECTRICES,

VOUS NOUS ETES FIDÈLES DEPUIS LONGTEMPS?

VOUS VENEZ DE FAIRE NOTRE CONNAISSANCE?

SI VOUS AVEZ DES COMMENTAIRES, DES CRITIQUES À
FORMULER, DES SUGGESTIONS À OFFRIR, N'HÉSITEZ
PAS… ÉCRIVEZ-NOUS À:
        LES ENTERPRISES HARLEQUIN LTÉE.
        498 RUE ODILE
        FABREVILLE, LAVAL, QUÉBEC.
        H7R 5X1

C'EST AVEC VOS PRÉCIEUX COMMENTAIRES QUE NOUS
ALLONS POUVOIR MIEUX VOUS SERVIR.

DE PLUS, SI VOUS DÉSIREZ RECEVOIR UNE OU
PLUSIEURS DE VOS SÉRIES HARLEQUIN PRÉFÉRÉE(S)
À VOTRE DOMICILE, NE TARDEZ PAS À CONTACTER LE
SERVICE D'ABONNEMENT; EN APPELANT AU
(514) 875-4444 (RÉGION DE MONTRÉAL) OU 1-800-667-4444
(EXTÉRIEUR DE MONTRÉAL) OU TÉLÉCOPIEUR
(514) 523-4444 OU COURRIER ELECTRONIQUE:
AQCOURRIER@ABONNEMENT.QC.CA OU EN ÉCRIVANT À:
        ABONNEMENT QUÉBEC
        525 RUE LOUIS-PASTEUR
        BOUCHERVILLE, QUÉBEC
        J4B 8E7

MERCI, À L'AVANCE, DE VOTRE COOPÉRATION.

BONNE LECTURE.

HARLEQUIN.

VOTRE PASSEPORT POUR LE MONDE DE L'AMOUR.

COLLECTION HORIZON

Des histoires d'amour romantiques qui vous mènent au bout du monde!

Découvrez la passion et les vives émotions qu'apportent à la Collection Horizon des auteurs de renommée internationale!

Captivantes, voire irrésistibles, ces histoires d'amour vous iront assurément droit au coeur.

Surveillez nos trois nouveaux titres chaque mois!

GEN-H-R

HARLEQUIN

COLLECTION
ROUGE PASSION

- Des héroïnes émancipées.
- Des héros qui savent aimer.
- Des situations modernes et réalistes.
- Des histoires d'amour sensuelles et provocantes.

LAISSEZ-VOUS TENTER
par 3 titres irrésistibles
chaque mois.

RP-1-R

69 L'ASTROLOGIE EN DIRECT
TOUT AU LONG
DE L'ANNÉE.

(France métropolitaine uniquement)
Par téléphone 08.92.68.41.01
0,34 € la minute (Serveur SCESI).

Composé et édité
PAR LES ÉDITIONS HARLEQUIN
Achevé d'imprimer en décembre 2003

BUSSIÈRE

GROUPE CPI

à Saint-Amand-Montrond (Cher)
Dépôt légal : janvier 2004
N° d'imprimeur : 37225 — N° d'éditeur : 10313

Imprimé en France